http://www.bbulmedia.com

http://www.bbulmedia.com

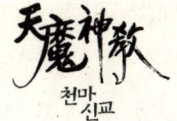

天魔神教
천마신교

운호서 신무협 장편 소설

目次

序		7
第一章	마룡지체(魔龍之體)	13
第二章	해남검법(海南劍法)	39
第三章	강호재출(江湖再出)	79
第四章	북해빙궁(北海氷宮)	113
第五章	강호은원(江湖恩怨)	145
第六章	복수혈전(復讐血戰)	193
第七章	총타복귀(總舵復歸)	245
第八章	생사지결(生死之結)	273

사람이 사는 곳은 언제고 싸움이 일어난다.

싸움이 일어나면 사람이 다치고 죽어 나갔다.

그리고 싸움을 잘하는 사람들이 나타나기 시작했다.

장대한 근골과 타고난 근력을 지닌 거한들이 우두머리가 되어 갔고, 그들의 외공(外功)은 시대를 풍미했다.

시간이 지나 사람들은 토납법이라는 것을 발견했다.

숨을 내쉬고 내뱉는 행위로, 대자연의 기운을 빌려 몸을 건강하게 하는 것이었다.

사람마다 혈도라는 것이 존재했는데, 그 혈도를 이용하여 무형의 기운을 사용했다.

처음에는 대자연의 기를 빌려서 몸을 건강하게 했다.

그러던 중 항아리 같이 생긴 단전(丹田)이란 것을 발견하였다.

단전은 아랫배 부근에 있었으며, 장기(臟器)가 아니었다.

몸 안에서 흘러 다니던 대자연의 기운이 조금씩 단전이라는 곳에 스며드는 것을 발견했고, 그곳에 무형의 기운인 기(氣)라는 것을 쌓아 나갔다.

토납법을 통해 기는 단전에 쌓였고, 단전에 쌓인 기는 사람을 건강하게 해 주며 근력을 강화시켜 주었다.

그러한 기운을 내공(內功)이라 불렀다.

토납법을 익힌 자들이 늘어 감으로써 장대한 기골만을 자랑하던 거한들은 한 명씩 무너졌고, 토납법에 숙련되어 있는 자들의 시대가 펼쳤다.

그리고 그 토납법을 체계적으로 정리하고 꾸준히 발전시켰다. 그것이 심법(心法)이 되었다.

모든 이들의 토납법은 서로 같지 않았는데, 그것들이 쌓이고 쌓여 각자 독보적인 심법을 발전시키게 되었다.

어떤 심법은 평온한 이들에게 맞았고, 어떤 심법은 급한 성격의 소유자들에게 맞았다.

그리고 심법을 익힌 자들이 많아지면서 후세에 전해 주기 위하여 그것을 종이에 적는 자들도 생겨났다.

자신의 후세만을 위한 것이기에 어려운 말로 배배 꼬아

암호처럼 만들어 놓았고, 그것을 익히고 있는 자만이 알고 있는 특유의 방법을 알아야만 했다.

그것이 구결(口訣)이 되었다.

심법을 오랜 기간 익힌 자들 중에서 몇 명이 단전에 쌓인 기를 배출하는 방법을 깨달았다.

그것을 무형지기(無形之氣)라 불렀고, 그것으로 사람을 해칠 수 있었고 바위도 부술 수 있었다.

어떤 이들은 그 기운을 자신들의 무기에서 뿜어내 사람을 해치거나 나무를 베거나 바위를 부쉈다.

검에서 나왔으면 검기(劍氣)라 불렀고, 도에서 나왔으면 도기(刀氣)라 불렀다.

무형지기를 쓸 수 있는 사람은 극소수에 불과했다.

극소수의 그들은 사람들의 우두머리가 되었고, 세력을 키워 문파(門派)라는 것을 세웠다.

그리고 그 문파라는 것들이 모여 또 다른 하나의 세계를 만들었다.

그곳을 세인들은 강호무림이라 불렀다.

第一章
마룡지체(魔龍之體)

"몇 명의 아이들이 준비되었는가?"

"준비했던 천 명의 아이 중 이미 절반이 내공을 익히는 과정에서 떨어져 나갔고, 현재 오백여 명이 남아서 수련 중에 있습니다. 열 명은 악마대(惡魔隊)로 뽑혀 정식 입교 과정을 밟을 예정이며, 나머지는 중원 각지의 분타에 보내져 본 교에 큰 도움이 될 것입니다."

새파랗게 젊은 청년은 고급스러워 보이는 흑의를 입은 채 허리춤에는 얄팍한 검을 매고 있었다.

얼굴은 기생오라비처럼 매끈하게 생겼고, 몸은 서생처럼 문약해 보였다. 하지만 그의 몸에서는 자색(紫色)의 마기(魔氣)가 넘실거려 괴기했다.

그는 천마신교(天魔神敎)의 부교주(副敎主) 악마패왕(惡魔覇王) 추영독(秋英篤)이었다.

강호팔대고수(江湖八代高手)!

약육강식의 무림을 오시할 수 있는 여덟 명의 절대자를 사람들은 강호팔대고수라 칭했다.

강호팔대고수가 손을 휘두르면 태산이 무너지고, 발을 구르면 땅이 갈라진다 했다.

그들은 모두 온몸의 뼈가 무공을 펼치기에 가장 최적의 모양으로 바뀐다는 환골탈태(換骨奪胎)를 비롯해 내공을 쓰고 또 써도 절대로 마르지 않는다는 대해단전(大海丹田)을 가졌으며, 젊은이의 그것처럼 탱탱한 피부와 몸을 가지게 되는 반로환동(反老換童)을 경험했다 한다.

강호팔대고수는 정파의 절대자였으며, 사파에도 이와 같은 절대자들이 존재했다.

그들을 절대오마(絶代五魔)라 칭했는데, 악마패왕 추영독이 절대오마 중 한자리를 꿰차고 있는 절대고수였다.

탁자에 올려놓은 찻잔을 만지작거리던 추영독이 말했다.

"그놈들 중 특이한 놈은 없나?"

"현재 세 명 정도가 특이한 성향을 보이고 있습니다. 사내놈 둘에 한 명은 계집인데, 사내놈 중 한 명은 마룡지체(魔龍之體)를 타고났습니다. 수하들도 납치 후에 알아낸 것이라 뒤늦게 보고가 되었습니다. 나머지 사내놈은 도가의 심법을 익히고 있었기에 본 교의 악마혈천심법(惡魔血天心法)을 억지로 익히게 하였는데, 우습게도 두 개의 심법이 공존하고 있습니다."

사람은 타고나면서 많은 것들이 정해진다.

눈의 모양, 코의 크기 등 신체적인 조건부터 이름 등 사회적인 조건까지가 정해지는 것이다.

그밖에도 특별한 것이 있는데, 그것이 바로 체질이다.

세상에는 무공을 익히기에 특출 난 체질들이 있는데, 태양지체(太陽之體), 태음지체(太陰之體), 구음절맥(九陰絶脈), 구양절맥(九陽絶脈) 등이 있다.

태양지체는 양기가 넘치는 체질이라 양강무공을 익히는 데 뛰어난 재질을 보였으며, 태음지체는 음기가 가득 찬 음공을, 구음절맥은 여자한테만 나타나는 체질로서 단기간에 절정고수가 될 수 있지만 단명한다고 전해진다.

그밖에도 특별한 체질들이 있지만 이것들은 무공을 익히는 자들에게 영약과도 같은 도움이 될 뿐이지, 보통 세인들의 삶에는 큰 지장이 없었다.

아무래도 그런 체질을 타고나는 사람은 흔치 않았으니 말이다.

"마룡지체?"

추영독의 되물음에 부복해 있던 흑의인이 말을 이었다.

"예. 마룡지체를 타고나게 되면 역혈(逆穴)이 중심인

마공을 익히기에 최적의 신체 조건을 갖추게 됩니다. 한마디로 이 녀석은 마공을 위해 태어난 녀석이라 볼 수 있습니다."

마공은 패도적이고 강함을 자랑했지만 역혈, 즉 혈도를 거꾸로 사용하는 무공들이 대부분이었다.

그런 까닭에 혈도에 부담을 주게 되어 마공을 익힌 고수들은 단명을 하는 경우가 잦았다.

마룡지체를 지닌 이는 혈도의 길이 모두 반대로 되어 있는데, 오히려 그것이 마공을 익히기에 최적의 신체 조건이 되었다.

마룡지체로서 처음 강호에 모습을 드러낸 이는 정도(正道)를 걷고 있던 인물이었다.

그는 정파의 정심한 무공들을 익혀 어느 정도 대성에 이르게 되자 급사했다.

혈도지로가 반대인 상태에서 정도의 무공을 구결대로 운용하다 보니 혈도가 터져 죽고 만 것이었다.

그의 갑작스런 죽음에 사망 원인을 알아내기 위하여 시신을 살펴보았는데, 그제야 그의 혈도지로(穴道之路)가 반대로 이어져 있다는 것을 알게 되었던 것이다.

"그리고 계집은 도에 흥미를 보이고 있습니다. 검이나 편 등 많은 무기들을 추천해 주었지만 오직 도, 그것도 사척 이상의 도에만 관심을 주고 있다고 합니다. 땅에 질질

끌면서까지 도를 손에서 놓지 않는다고 합니다. 또 검이나 편 등의 무기들을 들었을 때의 무공 실력은 너무 형편이 없어서 교관들도 그냥 묵인할 정도입니다."

추영독은 설명을 들으며 세 명의 얼굴이 그려져 있는 초상화를 훑어보았다.

한 명은 매우 날카로운 눈매가 인상적이었고, 한명은 기생오라비같이 생긴 놈이라 마음에 들지 않았다.

소녀는 나이에 안 맞게 너무 표독하게 생겨서 혀를 찼다.

조용히 초상화를 훑어보던 추영독이 이죽거렸다.

"마공을 익히기에 최적인 놈과 이도저도 아닌 놈, 그리고 도(刀)에 미친 년이라…… 재미있군."

과연 어떤 모습으로 자라날지 절로 기대가 되었다.

그리고, 십 년이란 세월이 흘렀다.

　　　　　　*　　*　　*

"앞으로 네 녀석들은 악마대의 일원이 되어 마인으로서의 삶을 살게 될 것이다. 악마대는 살수 집단이기도 하지만 정보 집단인 동시에 외총관님을 호위하는 임무를 맡고 있다. 나는 악마대의 대주(隊主) 옥진관(玉鎭管)이다. 외총관님에게 항상 충성을 다짐하고 목숨을 바칠 수 있도록."

마룡지체(魔龍之體)　19

"존명!"

우렁찬 목소리가 장내를 가득 메웠다.

그에 악마대주 옥진관 옆에 서 있던 중년인이 실실 웃었다.

"허허, 나한테 충성을 다하면 되나. 옥 대주, 우리는 교주님에게 충성을 다해야지."

"옛!"

"악마대의 일원이 된 것을 환영하네. 다들 본좌를 호위하는 임무와 함께 본 교의 행사에 방해가 되는 자들을 처리하는 임무를 맡게 될 걸세. 물론 그전에 살수 교육을 받아야겠지."

"예. 장우덕(裝優悳) 교관을 준비시켜 놓았습니다, 외총관님."

"장우덕 교관이 아직도 은퇴하지 않았나?"

"예. 이번이 현역으로서는 마지막 교육일 거라 생각됩니다. 원래 은퇴를 하려 했지만 외총관님의 호위대인 악마대가 결성된다는 소식을 듣고 직접 발 벗고 나섰다고 합니다."

"그 말을 들으니 기분이 좋아지는군. 차나 한잔하러 가세."

외총관과 악마대주가 모습을 감추자 연무장 구석에서 왜소한 몸집의 중년인이 어슬렁거리며 걸어왔다.

얼굴은 매우 앳돼 보였고, 체구는 검이라도 휘두를 수

있을지 의심이 갈 정도로 얄팍했다.

 악마대원들이 조용히 중년인을 바라보았다.

 어슬렁거리던 중년인이 왼팔을 천천히 들어 올렸다. 그러자 빈소매만 펄럭거릴 뿐, 그는 놀랍게도 왼손이 없었다.

 "난 보다시피 병신이다. 병신인 나에게 실수 교육을 받을 놈 있나?"

 "……."

 "받을 놈 있나!"

 "예, 있습니다!"

 순간, 중년인이 성큼성큼 다가왔다.

 "누가 말했나?"

 살기 어린 눈빛으로 악마대원들을 훑어보는 시선에 아이들은 침을 삼키며 부동자세를 유지했다.

 "누가 말했나!"

 "접니다!"

 "이름."

 "진추입니다!"

 "이놈 말고 또 없나?"

 중년인이 이번엔 흑의를 입고 있는 소녀 앞에 멈춰 섰다.

 소녀의 등에는 자그마치 사 척이 넘는 도가 메여져 있었다.

"그건 뭐냐?"

"도입니다!"

"눈까지 병신은 아니다. 도라는 건 당연히 알고 있다. 한데 여기가 살수 집단이라는 것은 알고 있는 거냐?"

"예, 알고 있습니다!"

중년인이 이죽거렸다.

"본 교에는 세 개의 살수 집단이 있다. 그중 악마대는 병신들의 집합소라고 들었다. 살수 교육조차 받지 못한 애송이 병신들이라고 알고 있지. 난 살수가 뭔지도 모르면서 살수하겠다고 난리치는 놈들을 수도 없이 보았고, 죽어서 팔만 오거나 다리만 오는 경우도 수도 없이 보았다. 그런데 지금 그런 판국에 멍청이같이 커다란 도를 가져온 것인가?"

"제 생명입니다!"

그 순간, 갑자기 중년인의 손이 번쩍하더니, 어느샌가 도를 들고 있었다.

소녀는 경악했다.

"죽어라. 네 생명인 도를 빼앗겼으니 죽어야지."

중년인의 비꼬는 말투에 소녀의 얼굴이 붉어졌다. 그 모습을 지켜보던 중년인이 도를 거칠게 내던지자 소녀가 급히 도를 낚아챘다.

"난 장우덕 교관이다. 교육 기간에는 내 말이 곧 법이고, 내가 곧 신이다."

장우덕이 냉정하게 말하며 주위를 훑자 한 명이 부들부들 떨고 있었다.

"넌 뭐야?"

"네, 네?"

"넌 뭐냐고 물었다."

"이, 이우도입니다!"

"왜 떨고 있나? 춥나?"

이우도가 고개를 내젓자 장우덕이 발로 낭심을 걷어찼다.

"크흑."

이우도가 낭심을 부여잡으며 신음을 내뱉었다.

장우덕이 거칠게 말했다.

"내가 물으면 입으로 대답해라. 마지막이다. 한 번만 더 고개를 내젓다간 목을 뽑아 주마. 춥나?"

"으으, 아, 아닙니다!"

"좋다. 마지막으로 묻겠다. 나에게 배울 것이냐, 아니면 죽을 것이냐."

"배우겠습니다!"

우렁찬 목소리에 장우덕이 고개를 끄덕였다.

"내 교육은 쉽지 않다. 죽을 수도 있다. 좋은 곳에 묻어 줄 테니 걱정 말고 죽도록. 내일 묘시(卯時)에 이곳에 집합할 수 있도록. 오늘은 해산!"

*　　*　　*

"모두 집합했나?"

"예!"

장우덕이 악마대원들을 훑었다. 살기 어린 눈빛에 모두들 식은땀을 흘렸다.

"오늘은 살수가 무엇인지 배울 것이다. 거기 너, 나와."

이우도가 당황하며 앞으로 나왔다.

"이 병신은 천마신교에서 십 년이란 세월 동안 무공을 익히고도 이 지경이다. 하지만 난 이놈을 진정한 살수로 만들 수 있다. 내 말을 믿을 수 있겠는가?"

"……."

"정확히 일 년 후, 이놈을 진정한 살수로 만들어 주마. 들어가."

이우도가 주춤거리며 제자리로 들어갔다.

장우덕이 우렁차게 말했다.

"살수는 사람을 죽이는 자들이다! 그냥 죽이는 것이 아니라 아무런 소리소문 없이 죽여야 하지! 흔적도 없어야 한다. 정체가 들켜서도 아니 된다. 정면 대결을 펼쳐서도 아니 된다. 어때, 간단하지 않나?"

"왜 정면 대결을 펼치면 안 됩니까?"

"이름."

"천선우입니다."

"아, 네놈이 그놈이군. 두 개의 심법을 가지고 있다는 놈. 맞나?"

"예, 맞습니다."

천선우가 고개를 끄덕이자 장우덕이 인상을 찌푸렸다.

"패기가 없다. 다시!"

"맞습니다!"

"난 정파 놈들을 좋아하지 않아. 협의? 공명? 다 좋다 이거야. 난 단지 그놈들이 정파라서 싫어할 뿐이지. 그리고 네놈의 단전에서 흐르는 정파 냄새는 내가 싫어하는 것 중 하나지. 쓰레기 냄새보다 말이야."

천선우의 이마가 꿈틀거리자 장우덕이 가까이 얼굴을 들이댔다.

"왜 그런가?"

"아닙니다!"

"화나나?"

"아닙니다!"

"화가 나면 나보다 강해지면 되지 않나. 본 교는 약육강식의 율법을 따르고 있지. 나보다 강해져라. 그럼 나 같은 병신쯤은 얼마든지 짓밟을 수 있을 테니까."

장우덕이 말을 이었다.

마룡지체(魔龍之體) 25

"정면 대결을 하며 밑바닥까지 싸우다 보면 본 교의 무공을 쓰게 되겠지. 그럼 본 교 출신이라는 것을 만천하에 알리는 것밖에 더 되나? 정면 대결을 해야 할 정도로 최악의 상황이라면 그곳에서 죽는 게 더 낫다. 이미 살수라는 이름이 아까우니까 말이야."

"옛!"

문득 장우덕이 한쪽 나무를 가리켰다.

"저 나무에 살수가 있다고 하면 믿겠나? 아무도 안 믿겠지? 그런데 정말로 살수가 나무에 있으면 어쩔 거지? 그럼 이미 목숨은 날아간 건데?"

장우덕의 말이 끝나기가 무섭게 나무에서 복면인 한 명이 모습을 드러냈다.

악마대원들은 경악했다.

"이 녀석은 암형대(暗形隊)의 일급 살수다."

천마신교에는 세 개의 살수 단체가 있다. 외총관을 호위하는 악마대, 내총관을 호위하는 추마대(追魔隊), 그리고 교주 직할대 암형대가 바로 그들이었다.

암형대의 살수들은 신상이 알려져 있지 않으며, 어떤 고수라도 능히 죽일 수 있는 실력을 지녔다.

본래 살수들이란 은신에 능하고 인내심이 강하며 암기술에 능했다.

많은 고수들이 살수에게 암습을 당해 세상을 등졌고,

그중에는 이름을 떨치던 절정고수들도 있었다.

정파에서는 공명정대하지 못한 암습을 지양하지만, 사파에서는 암습이야말로 효율적인 살인이라며 지향하고 추천까지 하는 추세였다.

복면인이 다시 모습을 감추었다.

악마대원들이 멍하니 입을 벌렸다.

장우덕이 이죽거렸다.

"병신 같은 놈들. 네놈들 뒤에 있다."

악마대원들이 급히 뒤를 돌아보자 복면인이 재차 모습을 감추었다.

장우덕이 고개를 내저으며 다시 입을 열었다.

"암형대의 일급 살수는 눈앞에서도 모습을 감출 수 있는 은신의 대가다. 대낮에도 모습을 감출 수 있도록 훈련받았고 일류 고수 정도는 정면 대결로도 처리할 수 있지. 네놈들이나 추마대 놈들처럼 실수 교육도 먼저 받지 않고 급조된 놈들과는 차원이 다른 녀석들이라 할 수 있다."

장우덕이 터벅터벅 걸어가더니 나무 앞에 멈춰 섰다.

"난 이곳에서 일각여간 눈을 감고 있을 것이다. 그동안 알아서 숨어라. 제일 먼저 찾아내는 다섯 놈은 내가 직접 반 죽여 버릴 테니 그렇게 알아 두도록."

장우덕이 눈을 감자 악마대원들이 분주하게 움직였다.

대나무 한쪽을 든 채 냇가로 첨벙 뛰어드는 놈부터, 나무 위로 올라가는 놈, 모래 안으로 들어가는 놈까지 별의 별 놈들이 다 있었다.

하지만 천선우는 느긋이 장우덕의 반대편으로 걸어갔다.

터벅터벅.

천선우가 슬쩍 옆을 흘겨보자 한 흑의 소년과 허공에서 눈이 마주쳤다.

"천선우다. 넌?"

"독고천(獨孤穿)."

두 소년은 터벅터벅 연무장 밖으로 걸어 나갔다.

한자리에 숨어 있다가 그들의 뒷모습을 바라보던 소녀는 조용히 고민하다가 뛰쳐나왔다.

소녀는 이내 소년들의 뒤를 쫓아서 모습을 감추었다.

일각이 지났다.

"너!"

장우덕의 품에서 표창이 날아갔다.

팍, 하는 소리와 나무 뒤에 있던 소년이 오줌을 지리며 나왔다.

"너!"

장우덕이 바위를 내던지자 냇가에 숨어 있던 소년이 코피를 터뜨리며 걸어 나왔다.

"너! 너! 너!"

장우덕의 손짓 하나하나에 결국 일곱 명의 악마대원이 저마다 상처를 입은 채 모습을 드러냈다.

얼마 지나지 않아 멀리서 세 명이 걸어오고 있었다.

장우덕이 이죽거렸다.

"빨리 안 튀어오나!"

세 명이 부리나케 뛰어왔다.

장우덕이 웃었다.

"이름."

"독고천입니다."

"천선우입니다."

"장소연(張蘇聯)입니다."

"좋다. 너희 세 명에게는 오후에 휴식 시간을 갖게 해 주도록 하지. 내가 원하던 것은…… 뭐냐?"

독고천이 손을 들자 장우덕이 고개를 끄덕였다.

"휴식 시간이 뭐가 좋습니까?"

"무슨 소리지?"

"다른 사람들이 강해지고 있을 때 뒤에서 쉬는 것이 도대체 무엇이 좋다고 인심 쓰는 척하시는 겁니까?"

"흠, 이름이 독고천이라고 했나?"

"예."

장우덕이 독고천을 쳐다보았다.

"네놈이 그 무공귀신이라는 놈이군. 무공에 미쳐서 밥

먹는 것도, 잠자는 시간도 아까워한다는 그 무공에 미친 놈. 맞나?"

"미친놈이 아니라 마도인(魔道人)입니다."

"마도인이 뭔지 알고 하는 소리인가?"

"마도인이란 자기가 옳다 하는 것이라면 무엇이든 행하고 힘이 곧 율법임을 따르는 것이라 알고 있습니다."

"그 옳다고 행하는 것이 설사 악행이라도 말인가?"

"본 교가 언제부터 착한 일을 했습니까."

"크하하, 맞지. 본 교는 절대로 착한 일을 한 적이 없다. 오히려 나쁜 놈들이라 불리면 몰라도. 그래, 그것이 바로 마도인의 기본 도리다. 오랜만에 괜찮은 놈을 가르칠 수 있게 되었군. 독고천!"

"예."

"왜 숨지 않고 멀리 있었나?"

"그것이 들키지 않는 최고의 방법이라 생각했기 때문입니다."

"맞다. 들키지 않으려면 기본적으로 거리가 있어야 한다. 진정한 고수들은 살기에 매우 예민하거든. 아주 쥐똥만 한 살기라도 포착하는 것이 고수다. 모습이 보이지 않으면 뭐 하나. 검의 예기, 사람의 열기, 무공의 살기 등이 고수에게 포착되는 순간, 살수는 죽는다. 들키지 않을 만한 거리를 포착하는 것이 살수의 기본이다. 그런 다음에 관찰을 하는 것이지. 목표가 언제 밥을 먹는지, 언제 변소에 가는지, 언제 자는지. 말 그대로 언제! 즉, 시간이야말로 살수에게 생명과도 같은 것이다."

장우덕이 하늘을 바라보았다.

어느새 석양이 내리고 있었다.

"오늘은 이만 해산. 처음이니 처벌은 봐주도록 하지. 내일 똑같은 시간에 모인다. 독고천을 비롯한 두 명은 남도록."

악마대원들이 해산하자 장내에는 독고천과 천선우, 장소연만이 남았다.

장우덕이 입을 열었다.

"너희 세 놈, 아니, 두 놈과 한 년은 의외로 괜찮은 행동을 보여 주었다. 하지만 내가 볼 때 너희 세 녀석은 살수 교육에 맞지 않는다고 본다. 특히 넌 그만한 멍청이 같은 도를 들고 살수 교육을 할 수 있다고 생각하나? 그리고 너는 몸집이 너무 크다. 살수는 몸집이 커서는 불리하지. 그런데다 살수보다는 정통에 어울리는 것 같군. 내가 외총관님에게 말해 놓을 테니 조만간 소속이 바뀔 것이다."

그 말에 천선우와 장소연이 고개를 끄덕였다.

"옛!"

하지만 독고천이 단호한 태도로 말을 했다.

"전 여기 남고 싶습니다."

"왜지?"

"마도인이 되고 싶습니다."

"마도인이 되는 것과 살수 교육은 상관이 없다고 보는데?"

"마도인이 되기 위해선 살수 교육을 반드시 받아야 합니다. 마도인이 된다면 강호에 나가서 이리저리 암습을 당할 일이 잦을 텐데, 살수의 마음을 모르고 어찌 암습에 대비한다는 말씀이십니까."

천마신교의 고수들은 암습 및 시비의 대상이 되기 쉬웠다. 아무래도 마공을 익히게 되면 몸에서 자색 마기(魔氣)가 은은히 흘러나오게 된다.

진정한 마공의 고수라면 좌중을 압도할 정도의 엄청난 마기 탓에 건드릴 엄두도 나지 않고, 고수들 스스로 마기를 감출 수도 있다.

하지만 마공을 막 익히거나 절정의 벽을 넘기지 못한 마인에게서 희미하게 흘러나오는 마기는 오히려 시비의 대상이 되기 쉬웠다.

천마신교는 분명 강대했고 단일 세력으로는 최강이다. 하지만 정도인들의 수가 더욱 많을 뿐이었다.

특히 명문정파가 자리 잡고 있는, 대표적으로 섬서성 부근에서는 마기를 뿌리는 마인들은 거리조차 못 다닐 지경이었다.

천마신교와의 다툼을 두려워하긴 하지만 마인들이 힘주고 다니는 꼴은 보기 싫어하는 정파인들의 얄팍한 자존심이었다.

 하여 직접적인 대결은 피했지만, 혼자 다닐 경우 야유를 받지 않을 수 없었다.

 그렇기에 대부분의 마인들은 홀로 다니는 행동은 자제해 왔다.

 또한 천마신교 총타가 있는 십만대산(十萬大山) 밖으로도 잘 나가지 않게 되었다.

 천마신교는 절대적인 율법에 따르기 때문에 다른 정파나 사파의 제자들에 비해 자유가 없었다.

 그것이 마도인의 숙명이었다.

 조용히 이야기를 듣던 장우덕이 독고천을 지그시 노려보았다.

 "네 말은 맞다. 틀린 말 하나도 없다. 그래서 기분이 나쁘군. 하지만 알았다. 넌 살수 교육에 참가하도록. 다른 두 명도 이의 있나?"

 "없습니다!"

 "좋아. 그럼 천선우."

 "옛!"

 "넌 아무래도 덩치도 있고 마기를 풍기지 않으니, 정보 단체에 적합할 것 같다. 비마대에 자리가 있는지 알아봐 주지. 당장 임무에 투입할 수는 없겠지만, 열심히 하다 보면 알맞은 임무를 받게 될 것이다."

"옛!"

천마신교는 강한 무력을 보유했지만, 아무래도 정보 능력은 많이 떨어지는 편이었다.

그리하여 이십 년 전부터 교주(敎主)의 명령 아래 정보 단체를 만들게 되었는데, 그것이 바로 비마대(飛魔隊)였다.

이십 년이 흐른 지금 천마신교는 가공할 정도의 정보력을 가지게 되었고, 그 바탕에는 비마대의 활약이 숨겨져 있었다.

뛰어난 고수들이 비마대에 투입되었고, 그들의 능력으로 천마신교의 정보력은 눈부시게 성장할 수 있던 것이다.

장우덕이 말을 이어 나갔다.

"그리고 장소연."

"옛!"

"넌 그 무식할 정도로 큰 도로 신나게 베어 보도록. 무력 단체로 알아봐 주도록 하겠다. 물론 무력 단체에 바로 들어가지는 못하겠지만, 하인 노릇을 하며 검진이라든지 그런 것들을 배울 것이다. 매우 힘들겠지."

"옛!"

천마신교에는 총 네 개의 무력 단체가 있다.

그들은 무림에 자주 나타나지 않았으나 무림에 나타날

때마다 혈풍(血風)을 몰고 다녔고, 그들의 무력은 가히 경악할 만했다.

 천 명의 검귀(劍鬼)들이 칼날을 가는 천마추살대(天魔追殺隊), 오백 명의 악귀(惡鬼)들이 혀를 날름거리는 역천악귀대(逆天惡鬼隊), 이백 명의 악마(惡魔)들이 화염을 뿜는 염화염왕대(炎火閻王隊), 백 명의 절대마인(絶代魔人)들이 마기를 풍기는 절대마령대(絶代魔令隊)가 바로 천마신교를 지탱하는 무력 단체들이었다.

 "그럼 다들 해산. 독고천은 남도록."

 천선우와 장소연이 모습을 감추자 장우덕은 바위에 털썩 주저앉고는 독고천을 올려다보았다.

 "사실 악마대는 소모품이다. 그래서 쓸모있는 녀석 몇 명을 내가 다른 곳으로 보내려 직접 교관을 맡겠다고 한 것이다. 그런데 넌 악마대에 남는다고 하였지. 악마대의 교육을 마치면 임무가 주어질 것이다. 아마 소모품으로 버려질 가능성이 큰 임무겠지. 그래도 괜찮겠나?"

 "예. 아까 정통이라고 말씀하셨는데, 제가 정의하는 정통은 이겁니다. 모든 것을 알고 그것들을 바탕으로 고수가 되는 것이 정통이라 생각됩니다."

 "말이 많군."

 "그렇습니까?"

 장우덕이 고개를 끄덕이며 말을 이었다.

"정통은 강한 게 정통이다. 강한 놈들만이 자기가 정통이라 주장할 수 있지. 그리고 행동거지와 말하는 꼬락서니를 보아하니 아주 오래 살거나 금방 죽을 놈이다, 넌."

"왜 그런지 여쭈어 봐도 되겠습니까?"

"진짜 고수가 돼서 아주아주 오래 살거나, 이도저도 아닌 놈이 되어 금방 죽겠지. 하지만 난 너 같은 놈을 싫어하는 편은 아니야. 잘해 보도록. 내일 똑같은 시간에 보도록 하지."

말을 마친 장우덕은 몸을 일으키더니 어슬렁거리며 모습을 감추었다.

* * *

"다들 모였나?"

장우덕이 주위를 두리번거렸다.

악마대원들은 모두 부동자세로 장우덕에게 집중하고 있었다.

"오늘부터 암기 던지는 연습을 할 것이다. 암기란 자고로 살수에게는 생명과도 같은 것. 상대의 주의를 끌 때나 탈출할 때 암기의 유무는 생명을 좌우하기도 하지."

장우덕이 오른손을 펼쳤다.

손바닥 위에는 검지만 한 작은 암기가 들려 있었는데,

매우 날카로워 보였다.

"이것은 아주 기본적인 암기다. 표창보다는 훨씬 가볍고, 보다시피 탄력성도 매우 뛰어나지."

장우덕이 검지와 중지를 이용해 암기의 끝과 바닥을 짓눌렀다.

"보다시피 뾰족하지도 않다. 하지만……."

순간, 장우덕의 손이 섬광처럼 번쩍였다.

그리고 팍, 하는 소리와 함께 거목에 암기가 깊게 박혔다.

"실력 좋은 살수는 이것만으로도 한 명의 목숨을 빼앗을 수 있지. 각자 던져 봐라."

악마대원들이 각자 손바닥에 암기 하나씩을 올려놓고는 나무에 던졌다.

대부분이 잘 꽂혔는데, 말 그대로 문제아 이우도가 문제였다.

"흭!"

이우도의 손을 떠난 암기가 빛을 뿜었다.

그와 함께 암기가 장우덕의 머리를 노리고 날아갔다.

장우덕은 무심한 눈빛으로 휙 암기를 잡아채더니 손아귀를 꾹 움켜쥐었다.

와지끈, 하는 소리와 함께 암기는 가루가 되어 버렸다.

"네놈이 도대체 어떻게 오백명 중에 뽑힌 거지?"

장우덕이 이죽거리자 이우도의 얼굴이 붉게 변했다. 그

마룡지체(魔龍之體) 37

모습에 장우덕은 다시 고개를 내저으며 비웃었다.

"단순히 무공 수위를 따져 이렇게 악마대로 차출하여 뽑는 놈들이 더 문제군. 항상 면마대(面魔隊) 놈들이 문제야."

면마대는 천마신교의 은밀한 행사를 처리하는 단체 중 하나로, 외부의 일을 주로 맡는 조직이었다.

외부에서 고아들을 납치하여 천마신교의 고수로 육성하거나 혹은 쓸 만한 인재들을 섭외하는 역할을 수행하는 게 바로 면마대의 임무인 것이다.

하지만 성격 따위는 고려하지 않은 채 단순 무공 수위로만 모든 것을 판단하는 것이 문제라면 문제였다.

악마대원들은 장우덕 교관을 따라 암기를 몇 번 더 던져 보았다.

그 이후로도 한동안 장우덕 교관에게서 암기 및 은신술, 첩보술 등을 익혔으며, 그렇게 악마대원들은 살수 교육을 전원 무사히 마칠 수 있었다.

살수 교육에서 매우 뛰어난 재능을 보인 독고천은 장우덕 교관의 추천으로 암형대의 삼급 살수로 자리를 옮겼다.

그리고 일 년이 흘렀다.

第二章

해남검법(海南劍法)

청의를 말끔하게 차려입은 중년인이 의자에 앉은 채 차를 음미하고 있었다.

"흠."

차를 홀짝이던 중년인이 겉옷을 벗어 한쪽에 던져 놓고는 거의 알몸이 된 채 침대에 몸을 던졌다.

"후우."

중년인이 한숨을 내쉬며 미묘한 미소를 지었다.

푹신한 침대의 감촉을 느끼려는 듯 중년인이 침대에 얼굴을 비비적거렸다.

푸슉.

순간, 침대 바닥에서 솟아오른 검이 얼굴을 꿰뚫자 중

년인의 움직임이 멎었다.

 중년인의 눈은 믿을 수 없다는 듯이 부릅떠져 있었다.

 곧 침대 아래가 들썩거리더니, 한 명의 흑의인이 기어 나왔다.

 "흠."

 탄성과도 같은 한숨을 짧게 내쉰 흑의인이 조심스럽게 검을 뽑아 냈다. 그런 뒤 검에 묻은 혈흔을 가져온 천으로 닦아 냈다.

 이어 품 안에서 작은 병을 꺼내더니, 검지로 병 안을 휘저었다.

 끈적이는 액체가 묻어 나오자 흑의인은 손가락을 중년인의 꿰뚫린 이마에 문질렀다.

 그러자 새어 나오던 피가 멈췄다.

 하지만 여전히 옅은 혈향이 느껴졌다.

 흑의인이 킁킁거리며 주변을 살피더니, 그제야 만족한 듯 고개를 주억거렸다.

 품속을 뒤지던 흑의인이 서신 한 장을 꺼내 들었다.

박성(朴誠).
청룡문(靑龍門) 부문주.
나이 오십 세.
본 교의 산서 분타 설립의 걸림돌인 청룡문의 부문주.

무공은 대략 이류 고수로 추정. 청룡문의 제자는 이백여 명 남짓. 현재 박성은 절강성으로 휴식을 취하러 간다고 알려져 있음. 조용히 처리하고 삼 개월 이후 귀환할 것. 명령임. 임무에 필요한 전표와 자세한 정보는 봉투에 동봉되어 있음.

암형대주(暗形隊主).

 흑의인이 서신을 꾸긴 다음 입으로 집어넣었다.
 잠시 우물거리던 흑의인이 꿀꺽, 서신을 삼켰다.
 슬쩍 밖을 내다보자 새벽이었다.
 동이 트기까진 대략 한 시진 정도 남은 듯하여 상황은 여유로운 편이었다.
 흑의인이 뜨거운 김이 나오는 찻잔을 만지작거리다 차를 홀짝였다.
 절강성은 녹차로 유명했는데, 그중 용정(龍井)이라 불리는 녹차가 유명했다.
 보통 녹차는 어린 찻잎과 싹을 채취하여 고온으로 찻잎의 푸른 잎을 죽이는, 살청(殺靑) 과정을 거친다. 거기에 절강 특유의 방식으로 녹차를 만든 것이 바로 용정차였다.
 용정차는 고급에 속하는 찻잎이었으나 절강에서는 많은 용정차가 거래되고 있었기에 그리 부유하지 않은 청룡문의 부문주도 용정차를 즐길 수 있던 것이다.

차를 홀짝인 흑의인이 고개를 내저었다.

"쓰군."

그런 뒤 조심스레 지도를 펼쳤다.

절강까지 오는 데만 족히 두 달이 걸렸다.

물론 길을 잘 모르는 탓도 있고, 사람들 눈에 띄지 않아야 했기에 그 정도 시간이 걸렸다.

하지만 오면서 길을 잘 봐두었고 더욱 좋은 지도를 구한 덕분에 본교로 귀환하기까지는 한 달도 채 걸리지 않을 것이다.

그런 차에 삼 개월 이후에 복귀하라고 암형대주가 직접 서신에 적어 놓았다.

원래 살수들에게는 암살 휴가라는 것이 있었다.

항상 훈련을 반복하는 살수들은 극심한 긴장감에 의해 피곤에 절어 있기 마련이다.

특히 임무를 수행하고 나서 밀려드는 피로는 엄청나다. 그렇기에 암살 휴가라는 것이 주어지는데, 임무를 마치고 나서 약 이주 간의 휴가를 주는 것이 바로 그것이었다.

물론 일급 살수 이상에게만 주어지는 특혜라 할 수 있었다. 이급 살수 아래로는 암살 휴가가 아닌 일반 휴가가 주어진다.

하지만 흑의인은 그 일반 휴가조차 쓴 적이 없었다.

본래 살수에게는 긴장감도 중요하지만 휴식도 중요한 법.

중요한 순간에 몸이 제대로 따라 주지 않는다면, 결국 임무 실패와 연결되는 것이다.

 그렇기에 암형대주가 각별히 신경을 써 준 것이다.

 흑의인이 고개를 주억거렸다.

 '오는 데 두 달, 가는 데 약 삼 주. 한 주 정도는 무공 수련에 전념할 수 있겠군.'

 기껏 휴가를 주었더니 무공 수련할 생각만 하는 흑의인을 보았다면, 암형대주는 입에 거품을 물었을 것이다.

*　　*　　*

 울창한 숲 속.

 커다란 바위 뒤로 폭포가 흘러내리고 있었다.

 절강은 넓디넓은 평야로 유명했고, 소주와 더불어 중원 이대풍도로 뽑히는 향주가 있는 유명한 성이었다.

 그렇기에 늘 북적여 사람이 드문 곳은 찾기가 힘들었다.

 수련을 위하여 인적이 드문 곳을 찾는 데만 이틀이 걸렸다.

 한참 동안 바위에 가부좌를 틀고 앉은 흑의인이 고개를 내저었다.

 '역시 마공은 연성 속도도 빠르고 매우 패도적이지만,

마기가 흘러나오는 것이 단점이군.'

 지금 흑의인의 몸에서는 옅은 자색의 마기가 흘러나오고 있었다.

 그러나 무공을 익힌 무림인이 자세히 살펴보지 않으면 눈치채지 못할 정도로 옅은 기운이었다.

 흑의인은 마기가 흘러나오는 것이 싫지 않았다.

 오히려 마도인으로서 뿌듯하고 자랑스러웠다.

 하지만 무림에서 마도인은 배척과 시비의 대상이었다.

 나중이라면 모르겠지만, 지금의 무공 수위로는 맞아 죽기 딱이었다.

 '죽으면 무공 수련을 못하지.'

 그것이 바로 흑의인의 살고자 하는 이유였다.

 '하지만 정파의 무공을 익히기에는 늦었다. 마공을 익히다 다시 정파의 무공을 익힌다면 오히려 주화입마에 걸릴 수 있지. 그리고 자랑스러운 마도인이 무슨 정파의 무공이란 말인가. 그럴 시간에 마공을 더 연성하는 게 낫지. 또한 내가 마룡지체인가 뭐라고 하지 않던가. 그러니 정파의 심법은 익힐 수 없지.'

 생각이 깊어질수록 흑의인의 표정은 더욱 심각해져 갔다.

 '마공은 연성 속도가 빠르지만 절정의 벽을 넘기에는 힘들다는 단점이 있다. 물론 그것을 상쇄하고도 남을 힘이 주어지지만, 그만큼 절정의 벽을 깨는 것이 배는 어렵다고 알려져 왔지. 지금도 빠르게 늘어가는 무공 성취에 놀라울 정도지만 나중에는 오히려 정파 놈들에게 따라잡히겠지.'

현재 흑의인이 익히는 마공은 혈천팔룡마장(血天八龍魔掌)과 흑살검법(黑殺劍法), 그리고 악마혈천심법이었다.

모두 이류 마공에 불과했지만, 삼급 살수인 흑의인에게는 감지덕지였다.

천마신교에는 모두 세 개의 무고(武庫)가 있었다. 무림에서 수집해 온 비급이나 마공들을 보관해 놓는 무고였는데, 들어갈 수 있는 서열이 정해져 있었다.

흑의인의 서열은 형편없을 정도로 낮았기 때문에 하급 무사들이 들어갈 수 있는 지마무고(地魔武庫)밖에 들어갈 수 없었다.

하지만 암형대의 삼급 살수로 뽑힌 덕분에 두 개의 무공을 선택할 수 있는 선택권이 주어졌고, 그나마 나은 두 개의 마공을 익힐 수 있게 된 것이다.

순간, 가부좌를 튼 채 조용히 명상에 잠겨 있던 흑의인의 감각에 무언가 잡혔다.

흑의인은 조용히 눈을 뜨고는 주위를 훑더니, 나무 위로 올라갔다. 그리고 서서히 기척을 숨겼다.

얼마 지나지 않아 백의를 입은 중년인이 모습을 드러냈는데, 그의 복부에서는 쉴 새 없이 피가 흐르고 있었다.

 벌어진 입을 통해 연신 선혈이 뿜어져 나왔고, 백의는 혈흔으로 진득거렸다. 검집에 꽂혀 있어야 할 검도 보이지 않았다.

 "허헉."

 지쳐 보이는 백의 중년인이 바위에 기대었다.

 그 와중에도 연신 주위를 두리번거리는 것으로 보아 누군가에게 쫓기고 있는 듯 보였다.

 흑의인은 조용히 백의 중년인을 내려다보았다.

 분명 무공을 익힌 자가 맞거늘, 아무런 기운도 느껴지지 않았다. 고수가 분명했다.

 평상시였다면 흑의인의 위치를 발견하고 처리했을 테지만, 부상 상태가 워낙 심각했다.

 순간, 백의 중년인이 각혈했다.

 "커헉!"

 내상이 심각한 듯 땅에 떨어진 피는 검붉었다.

 백의 중년인은 자신의 복부를 살펴보더니 고개를 내저었다. 대충 치료하여 나을 만한 상처가 아니었다.

 시야도 흐릿해져 갔다.

 '……숨겨야 한다.'

 백의 중년인이 품속에서 낡은 서적을 꺼내려던 찰나,

재차 피를 토하면서 손에서 떨어뜨렸다.

무심하게도 서적은 그대로 폭포수 아래로 빠져들어 갔다.

"이, 이런 젠장."

백의 중년인이 급히 서적을 잡아채기 위해 손을 뻗으려는 순간, 일단의 복면인들이 모습을 드러냈다.

"흐흐흐. 이거, 매우 반갑구려."

백의 중년인이 꾸짖듯 외쳤다.

"이놈들, 이 사실이 해남검파(海南劍派)의 귀에 들어가면 어떤 일이 벌어질지 알고 그러는 것이더냐!"

"해남검파? 하하하하! 그들이 무슨 수로 오늘의 일을 알겠는가. 쓸데없는 걱정 말고 잘 가게나."

순간, 복면인의 검이 허공을 가르자 백의 중년인의 목이 땅에 떨어졌다.

복면인이 검을 털어 내자 피가 휘날렸다.

"저놈의 몸을 뒤져 해남검법(海南劍法)이라고 쓰인 비급을 찾아라."

"옛!"

명에 따라 한 복면인이 백의 중년인의 몸을 뒤적였다.

그렇게 한참을 뒤지던 복면인이 고개를 갸웃거렸다.

"아무리 찾아도 없습니다."

우두머리로 보이는 자가 한숨을 내쉬며 백의 중년인의

몸을 직접 뒤졌다.

하지만 몇 개의 금창약과 쓸모없는 빈 종이밖에 없었다.

복면인이 눈매가 일그러졌다.

"이런 젠장. 아까 그 객잔에 숨겨 놓았을 것이다. 두 명은 이곳에서 남아서 시체를 처리한 후 주위를 수색하고, 나머지는 나를 따른다. 가자!"

복면인들은 순식간에 모습을 감추었다.

그야말로 뛰어난 경신술이었다.

나무에서 모든 상황을 내려다보던 흑의인은 저도 모르게 탄성을 내지를 뻔했다.

'대단한 경신술이군. 잔혹한 손속과는 달리 정파의 무리들 같은데.'

그러는 사이, 남은 두 복면인은 백의 중년인의 시체에 커다란 바위를 묶은 후 폭포에 빠뜨렸다.

폭포수가 연신 떨어지고 있었기에 서적은 눈에 잘 띄지 않았다.

덕분에 시체와 함께 가라앉는 것을 두 복면인은 미처 발견하지 못했다.

복면인 두 명은 한 시진여 동안 주변을 수색하다가 그제야 포기한 듯 모습을 감추었다.

흑의인은 조용히 한 시진을 더 기다리고 나서야 나무에

서 내려왔다.
 그리고 폭포로 다가갔다.
 옅은 혈향이 남아 있는 그곳에서는 깊어 보이는 폭포수가 한눈에 들어왔다.
 이윽고 무언가를 결심한 듯 흑의인이 옷을 벗기 시작했다. 어느새 실오라기 한 올 걸치지 않은 알몸이 된 흑의인이 폭포로 뛰어들었다.
 첨벙.
 폭포수에 뛰어든 흑의인은 주저없이 물속으로 잠수했다.
 암형대의 살수들은 뛰어난 수영 실력과 잠수 실력을 자랑했다.
 살수란 어느 장소에서든 뛰어난 은잠술을 펼쳐야 했기에 수영과 잠수는 기본이었다.
 백의 중년인의 시체를 발견한 흑의인은 다리를 더욱 힘차게 저었다.
 그런 뒤, 시체 위에 올려져 있는 바위를 밀친 후 등 뒤쪽을 살폈다.
 과연 그곳에는 복면인들이 찾아 헤매던 서적이 있었다.
 흑의인은 서적을 낚아채고는 물 위로 부웅 떠올랐다.
 "푸하!"
 땅 위로 올라선 흑의인이 머리에 묻은 물을 털어내면서

겉면이 흠뻑 젖은 서적을 조심스레 살폈다.

해남검법(海南劍法).

화려한 필체로 쓰여진 제목.
다행히 서적은 기름으로 칠해 놓았는지 물에 얼마 젖지 않았다.
흑의인은 옷을 걸치고는 서적을 품 안에 넣었다.
잠시 주위를 훑어보던 흑의인은 경신술을 사용해 수풀 속으로 모습을 감추었다.

    * * *

흑의인이 서적의 앞장을 천천히 넘기자 하나의 글귀가 두 눈 가득 들어왔다.

남해삼십육검(南海三十六劍).

순간, 흑의인이 눈이 커졌다.
남해삼십육검!
검으로 유명한 명문 해남검파에서 일대 제자 이상만이 전수받는다는 유명한 검법 중 하나였다.

단숨에 삼십육방을 찌르는 가공할 만한 쾌를 자랑하는 검법으로, 진정한 해남검파의 매서움을 보여 주는 검법이었다.

 이 남해삼십육검 하나만으로 해남검파는 가볍게 구파일방에 오르는 저력을 보여 주었다.

 흥분에 젖은 흑의인은 조심스레 비급을 한 장씩 넘겼다.

 그러던 중 점점 비급에 빠져들다가 한 가지 눈에 띄는 점을 발견했다.

 그랬다.

 해남검파는 매서운 좌수검으로 유명했던 것이다.

 '좌수검과 마룡지체. 무언가 조각이 맞춰지는 것 같군.'

 좌수검은 진기를 돌리는 방법이 정반대였다.

 흑의인이 비급을 읽으면서 느낀 점은 오직 한 가지였다.

 '나를 위한 검법이다!'

 그랬다.

 흑의인, 독고천은 마룡지체라는 특별한 신체를 지니고 있었고, 혈도지로가 반대로 되어 있는 특이한 체질을 타고났다.

 결국 진기의 길[路]이 반대라는 좌수검을 우수검으로

펼칠 수 있는 체질을 갖고 있는 셈이었다.

독고천은 남해삼십육검을 한 번 훑어보고는 조용히 눈을 감았다.

'본 교에서 만들어진 검술이라 해도 믿을 정도로 매섭고 빠르며 날카롭군. 좌수검으로 펼칠 수 있는 남해삼십육검을 우수검으로 펼친다면 어느 누가 내가 그것을 펼친다고 생각하겠는가.'

독고천이 조용히 명상을 시작했다.

검로가 천천히 그려지며 구결이 머릿속에 떠올랐다.

비급에는 구결의 뜻을 쉽게 풀이해 놓은 설명이 적혀 있었다.

풀이를 적어 놓은 사람은 절정검객(絶頂劍客)인 듯 자신의 심득을 매우 쉽게 풀이해 놓고 있었다.

스승이나 선배의 존재가 원래 이때 절실히 필요한 것이었다.

암호처럼 어려운 구결을 풀이하고 알려 주는 것이 스승의 역할인 법이다.

하지만 이렇게 친절히 구결이 풀이되어 있다면 굳이 스승의 존재가 필요없었다.

거기다 비급에 적혀 있는 구결의 풀이는 본래의 남해삼십육검이 지향하는 모습과는 살짝 어긋나 있었다. 더욱 패도적이고 묵직했던 것이다.

그렇기에 오히려 천마신교의 검술과 흡사한 점이 많았다.
 머릿속에서 검로를 그려 가던 독고천이 조용히 눈을 떴다.
 그리고 몸을 일으키고는 검을 뽑았다.
 스릉.
 맑은 검명과 함께 칼날이 빛을 발했다.
 독고천의 몸에서 흘러나오는 자색 마기는 어느새 한층 더 짙어져 있었다.
 검이 천천히 움직이다가 갑자기 매서운 소리와 함께 허공을 갈랐다.
 주위에 있던 나무들이 상처를 입고, 어떤 것은 베어지기까지 했다.
 독고천은 무아지경인 상태에서 계속 검을 휘둘렀다.
 빠르고 패도적이며 매우 매서웠다.
 허공을 가르면 공기가 흔들렸고, 허공을 찌르면 공기가 찢어졌다.
 그리고 검초 하나하나에서 자색 마기가 흘러나왔다.
 얼핏 보기에는 남해삼십육검 같았지만, 독고천이 펼치는 검술은 남해삼십육검이 아니었다.
 그것은 이미 하나의 마검(魔劍)과도 같이 잔인하고도 매섭게 허공을 가르고 있었다.

독고천은 검을 휘두르면서 자신도 모르게 어느새 새로운 경지에 다다르고 있었다.

 마룡지체라는 그만의 특유한 체질이 그의 몸을 한층 달아오르게 하고 있었다.

 진기가 부글부글 끓으며 그의 검은 더욱 빠르고 매서워지고 있었다.

 쿠웅!

 굉음과 함께 나무들이 쓰러졌다.

 파파팟.

 이어 나뭇잎들이 떨어져 내렸다.

 독고천이 문득 정신을 차리고 검을 내려뜨렸다.

 주위에는 큼지막한 공터가 생겨 있었다.

 천천히 숨을 고르던 독고천이 자신의 검을 내려다보았다. 옅은 마기가 흘러나오고 있었다.

 검기(劍氣)는 분명 아니었다.

 순간, 독고천의 뇌리에 비급에서 읽은 구결이 떠올랐다.

 남해삼십육검을 익히게 되면 진기의 유통을 통해 일정한 기운이 검을 감싸게 된다.

 그 기운은 시전자의 기운임으로 일정한 정의는 내릴 수 없다.

온화한 자라면 온화한 기운이, 급한 자라면 급한 기운이 검을 감싸게 될 것이다. 그리고 그것이 검초를 더욱 강맹하고 빠르게 해 줄 것이다.

독고천의 심법은 마공이었다.
때문에 마기가 흘러나온 것 같았다.
얼마 지나지 않아 검에서 흘러나오던 마기가 서서히 옅어지더니 이윽고 없어졌다.
독고천은 검집을 풀어 옆에 놓고는 가부좌를 틀고 자리에 앉았다.
그런 뒤 머릿속으로 검로를 그리고 또 그렸다.
그렇게 나흘이 흘렀다.

독고천이 눈을 떴다.
새벽이슬로 젖은 어깨 뒤로 어느새 태양이 떠오르고 있었다.
독고천의 검술로 깨끗해진 공터에 새싹들이 조금씩 자라나 있었다.
'얼마나 지난 거지? 슬슬 귀환해야겠군.'
어깨에 묻은 이슬을 털어 낸 독고천이 몸을 일으켰다.
그리고 검집을 허리춤에 다시 차고는 주위를 훑었다.
고요한 숲 속에 새소리가 울려 퍼졌다.

순간, 독고천의 신형이 숲 속을 가로질렀다.

하지만 독고천은 눈치채지 못했다. 그의 몸에서 흘러나오는 자색 마기가 아주 진해졌다는 것을.

　　　　　＊　　＊　　＊

"이번이 네 번째 살행(殺行)인가? 보고하도록."

"예. 우선 비마대에서 넘겨준 정보를 외운 후 청룡문 부문주 박성이 지나갈 만한 길의 객잔마다 모두 예약을 해 놓았습니다. 그리고 운이 좋게도 첫 번째로 준비했던 곳을 박성이 숙소로 정하였고, 그가 자리를 비웠을 때 침대 아래로 들어가 기를 숨기고 조용히 기다렸습니다. 그리고 박성이 침대에 누웠을 때 뽑아 놓았던 검으로 이마를 꿰뚫었습니다. 그런 후 곧바로 검을 뽑고는 금창약으로 피가 흘러나오는 것을 막았습니다. 그리고 객잔을 빠져나와 무공 수련 후 귀환하였습니다."

조용히 보고를 듣던 암형대주(暗形隊主) 관준(管俊)이 독고천을 조용히 바라보았다.

독고천은 조용히 부복한 채 명령을 기다렸다.

관준이 피식 웃었다.

"무공 수련?"

"예."

"쉬라고 기껏 휴가를 주었더니, 무공 수련을 하고 왔단 말이지? 그 볼 거 많은 절강성에서 말이야?"

"예."

"그래, 보고는 잘 들었다. 다른 특이 사항은 없었나?"

"없었습니다."

"그래, 수고했다. 이만 물러가라."

독고천이 정중히 고개를 숙이고는 문밖으로 나섰다.

그 모습을 지켜보던 관준이 눈을 빛냈다.

'이놈, 어떤 기연을 얻은 것이냐.'

그 이후로 독고천에게 임무는 없었다.

암형대주의 명을 받고 암형대에서 벗어나 소속이 없어진 탓이었다.

본래 천마신교의 고수들은 강해질수록 마기가 짙어지기 때문에 마공을 기초로 익힌 살수는 드물었다.

그리고 보통 살수들은 소모용으로 많이 쓰이기 때문에 강한 마기를 뿜어내는 고수도 드물었다.

그러나 독고천은 마공을 기초로 성장한 인물인데다 짙은 마기를 뿜어내게 되었기에 더 이상 살수로 사용할 수 없었다.

하여 그가 할 수 있는 일은 보고에서 서적들을 읽거나 홀로 수련하는 것이 다였다.

상부에 보고가 되었는지 아무도 그를 건드리지 않았고, 두 번째 무고인 용마무고(龍魔武庫)에 들어갈 수 있도록 허가까지 해 주었다.

그로 인해 독고천은 용마무고에서 더욱 질 좋은 마공들을 익힐 수 있었고, 그의 명상이 길어질수록 그의 마기도 한층 짙어져 갔다.

그것은 독고천의 천성이었다.

할 것이 없으면 무공을 수련했고, 자는 시간도 줄여 가며 무공을 수련했다.

그의 성격 자체가 쉬는 것을 용납하지 않았다.

이미 남해삼십육검은 천마삼십육마검이라 불릴 만큼 다른 모습으로 변질되어 있었다.

하루에 잠을 자는 시간은 두 시진도 채 되지 않았다.

밥 먹는 시간이 아까워 끼니를 거를 때도 많았다.

잠자는 시간과 밥 먹는 시간을 제외하고는 명상을 하거나 검을 휘두르는 것으로 하루를 보냈다.

그러던 어느 날, 누군가가 독고천을 찾아왔다.

명상에 잠겨 있던 독고천이 조용히 눈을 떴다.

상대는 흑의를 입은 무인이었는데, 매서운 눈빛과 숨막힐 듯 짙은 마기를 흘리고 있었다.

"누구십니까?"

"독고천 맞나?"

"예, 맞습니다."
"따라와라."

흑의무인의 뒤를 쫓아 전각에 도착한 독고천은 단상에 앉아 있는 중년인을 볼 수 있었다.

깔끔한 청의에 고고한 모습이 마치 학을 연상케 했다.

"오랜만이군. 나를 기억하나?"
"예, 외총관님."

외총관(外總管) 청혈마검(靑血魔劍) 주용천(珠龍闡).

그는 항상 청의를 즐겨 입었고 그 위로 적들의 피가 흩날렸기에 청혈이라는 명호마저 생길 정도였다.

거기다 그의 검은 마검이라는 명호답게 정말로 매섭고 자비가 없었기에 청혈마검이란 명호를 얻게 되었다.

주용천이 강호를 주유할 당시, 그의 청의에는 피가 마를 날이 없을 정도였다.

때문에 청의를 입은 사내들은 모두 정도인들의 공포의 대상이 되었다.

"악마대에서 암형대로 차출되더니 어느새 이렇게 고수가 되어 내 앞에 나타났구만."

주용천은 천천히 미소 짓더니 곧 말을 이었다.

"다름이 아니라, 본 교에서 표국 일을 맡게 되었네. 요즘 본 교의 재정이 많이 힘들어서 말이야. 물론 사람들 모르게 뒤로 몰래 하고 있지. 별거 아닌 표국 일이지만, 그래도 체면상 고수 냄새가 나는 인물 한 명 정도는 파견해야 본 교에서 체면이 살지 않겠나? 그리고 마침 소속이 없는 자네가 뽑혔네."

"예."

"그냥 표물 운송의 호위 정도이니 별 어려움이 없을 걸세. 쓸 만한 부하 서너 명을 붙여 줄 테니 여유롭게 유람이나 하고 오게나."

"존명."

* * *

말 한 필이 여유롭게 수레를 끌고 가고 있었다.

양쪽으로는 두 명씩 무사들이 호위하고 있었다.

그리고 그 뒤에서는 독고천이 주위를 살피고 있었다.

독고천의 옆에는 짧게 수염을 기른, 몸집이 두터운 중년인이 연신 땀을 흘리고 있었다.

여름이 지나 가을이 다가오고 있건만, 중년인은 연신 땀을 흘리며 손수건으로 얼굴을 닦아냈다.

"저, 무사히 도착할 수 있겠습니까?"

"물론이오."

"하, 하지만 대인이 있으시다지만 겨우 네 명뿐인데……. 이건 정말 중요한 물품입니다, 대인."

중년인은 연신 독고천의 눈치를 살폈다.

온몸에서 자색 마기를 뿜어내는 독고천이 무표정으로 있으니 무서운 것이 당연했다.

"잘 알고 있소. 그래서 내가 파견된 것이오. 걱정하지 마시오. 표국 일은 신뢰가 중요하다고 들었소. 최악의 상황이 일어난다면 내가 상자를 들고 도망가면 되오. 그럼 최악의 경우라도 물건은 빼앗기지 않을 수 있소."

큰 수레 위에는 많은 상자들이 실려 있었다.

그러나 그중 단 한 상자만이 진짜 물품을 지니고 있었다.

그리고 그것이 무엇인지는 아무도 몰랐다.

중년인은 걱정이 되는지 수레에 있는 상자를 연신 힐끗거리며 땀을 닦아 내렸다.

그렇게 하루하루가 지나 서서히 목적지에 다다를 때였다.

슈육.

난데없는 파공성과 함께 수하 한 명이 쓰러졌다.

"암습이다! 모두 검을 뽑아라!"

독고천의 외침에 수하들이 일사불란하게 움직였다. 곧 엄청난 수의 암기가 날아왔다.

날카로운 암기가 말의 목을 꿰뚫었다.

말이 옆으로 넘어지며 수레에 담겨져 있던 상자들이 모

두 뒤집어졌다.

중년인도 암기에 맞아 숨이 끊어졌고, 다른 수하들도 성한 곳이 없어 보였다.

상대는 일대일 대결을 한다 해도 승산이 없을 정도로 하나하나가 고수들이었다.

그리고 독특하게도 그들은 팔목에 검은 팔찌를 차고 있었다.

독고천은 주위를 훑으며 상황을 판단했다.

잠시 고민하던 독고천이 널려 있는 상자 중 하나를 품 안에 집어넣고는 몸을 날렸다.

암기를 날리던 복면인들 중 우두머리가 독고천을 가리키며 급히 외쳤다.

"잡아라! 놓쳐서는 안 된다!"

"존명!"

복면인들이 몸을 날리며 독고천의 뒤를 쫓았다. 독고천은 연신 몸을 숨겨 가며 경신술로 그들을 따돌렸다.

'적의 수는 대충 열 명. 그중 뛰어난 고수는 없지만 또 다른 적이 있을지도 모른다.'

독고천은 생각을 하는 와중에도 엄청난 속도로 수풀 속을 꿰뚫었다.

그 뒤를 복면인들이 바짝 뒤쫓고 있었다.

'분명 상자 안에는 단순히 금 따위의 보석 같은 것이

아니라, 더욱 중요한 것이 들어 있음이 분명하다. 그렇지 않으면 이리 가벼울 수가 없고, 아까 그 중년인이 그리 신경 쓸 이유가 없겠지.'

본래 표국 일이란 중요한 물품이냐 아니냐에 따라서 가격이 달라진다.

중년인은 구두쇠였고, 자신의 물품의 정체가 밝혀지면 호위 가격이 천정부지로 치솟을 것임을 알고 거짓말을 해왔던 것이다.

그러니 천마신교에서도 그에 걸맞은 고수가 아닌, 적당한 자신을 파견했고 말이다.

결국 중년인의 잘못된 판단이 최악의 상황을 불러온 셈이었다.

그러니 사이, 독고천과 복면인들의 거리가 좁혀지고 있었다.

슬쩍 뒤를 힐끗거린 독고천이 청각에 집중했다. 그러자 곧 물소리가 들려왔다.

'강이다!'

독고천이 곧바로 강 쪽으로 방향을 바꾸었다.

복면인들도 그에 질세라 그 뒤를 쫓았다.

복면인들이 암기를 내던지며 쫓아왔지만, 독고천은 이리저리 나무 뒤로 피해 가며 신형을 움직였다.

독고천은 품 안에 있는 상자를 품속에 단단히 고정하고

는 강으로 주저없이 뛰어들었다.

첨벙.

그러고는 거친 물살을 따라 헤엄쳐 나갔다.

복면인들도 곧바로 강으로 뛰어들었다.

그러나 독고천은 살수 교육을 받으며 잡다한 기술을 익혀 온 몸이었다.

특히 수영이나 잠수 분야는 독고천이 개인적으로 심혈을 기울인 부분이기도 했다.

독고천은 살짝 내공을 흘려 물살에 몸을 맡기며 잠수를 했다. 복면인들도 독고천의 뒤를 쫓아 열심히 헤엄을 쳤지만, 거리는 점점 벌어질 뿐이었다.

결국 쫓다 지친 복면인들이 물 밖으로 뛰쳐나왔다.

"푸하, 이런 빌어먹을 놈. 엄청 빠르군."

"강 하류 쪽으로 쫓아가자!"

"존명!"

고요하지만 거센 물살이 흐르던 강가에서 독고천이 솟구쳤다.

촤악.

땅 위로 나온 독고천이 몸에 묻은 물을 털어 냈다.

의복에 기름을 발라 놓은 듯 물이 튕겨져 땅에 떨어졌다.

독고천은 품속을 뒤적이더니 상자를 꺼내 들었다.
"멀쩡하군."
순간, 독고천의 뇌리에 품속에 숨겨 놓았던 비급이 떠올랐다. 마음이 급해진 독고천은 급히 비급을 꺼내 보았다.
다행히 전과 마찬가지로 비급은 젖지 않은 상태였다.
'기름칠을 아주 잘해 놓은 모양이군.'
한데 무언가 달라진 점이 느껴졌다.
해남검법이라 적혀 있던 앞부분이 다른 글자로 흐리게 바뀌어져 있는 것이었다.
'이게 뭐지?'

혈남검법(血南劍法).

혹시나 하는 마음에 비급을 강물에 넣고는 잠시 기다렸다. 그리고 다시 꺼내 툭툭 털었다.
아니나 다를까.
쓰여 있는 문구가 어느새 전혀 다른 내용으로 바뀌어 있었다.

혈마심득(血魔心得).

혈마(血魔)!

백여 년 전, 강호무림(江湖武林)을 공포에 떨게 했던 그 이름!

천마신교가 배출한 최강의 고수로서, 가공할 무공과 잔인한 수법으로 정도인들을 공포에 떨게 만든 천마신교 최강의 고수.

이후 심마(心魔)에 빠져 미치광이가 되어 천마신교에서 축출당한 후 모습을 감추었다는 존재였다.

혈마의 마공은 그야말로 경천동지(驚天動地)할 정도였으며, 핏빛으로 물든 그의 주먹은 세인들을 공포에 떨게 했다.

거기다 천마신교의 마공이 아니었기에 혈마가 실종됨과 동시에 혈마의 마공은 절전되었다고 알려져 있었다.

그런데 그러한 혈마의 심득이 바로 독고천의 손 위에 올려져 있는 것이었다.

독고천의 손이 떨렸다.

그러나 그것도 잠시. 독고천은 급히 주위를 살폈다. 다행히 아무도 없었다.

순간, 독고천의 신형이 튕겨져 나갔다.

작고 아담한 동굴을 찾은 독고천은 그곳으로 몸을 숨겼다. 동굴은 그냥 지나쳐도 모를 정도로 수풀에 교묘히 숨겨져 있었다.
 사람의 손길은 전혀 닿지 않은 듯 보였다.
 햇빛도 잘 들고 통풍도 잘되는 동굴이었기에 비급의 글씨를 문제 없이 읽을 수 있었다.
 비급을 살펴보려던 독고천이 문득 무언가 생각난 듯 상자를 만지작거렸다.
 '도대체 이게 무엇이기에.'
 상자를 밀봉하고 있던 것을 조심히 뜯어냈다. 도망치다가 박살 났다고 하면 상부에서도 이해해 줄 것 같았다.
 상자를 조심스레 열자 찬란한 빛이 뿜어져 나왔다.
 "크윽."
 독고천이 손바닥으로 빛을 가리며 슬쩍 내려다보았다.
 상자 안에는 사람 모양의 삼(蔘)이 들어 있었는데, 눈처럼 새하얗게 빛나고 있었다.
 순간, 독고천의 뇌리에 스치는 것이 있었다.
 '인형설삼(人形雪蔘)!'
 인형설삼이 무엇이던가.
 천 년 동안 쌓아 온 인형설삼의 음기와 엄청난 내공을 얻게 된다는 전설상의 영약이었다.
 아니다 다를까, 상자 안에서 차가운 한기가 물씬 풍겨져 왔다. 틀림없는 인형설삼이었다.
 독고천은 인형설삼과 혈마심득을 번갈아 보았다.

기연 중의 기연이 자신을 찾아온 셈이었다.

혈마심득을 취하는 것은 상관없었다.

어차피 아무도 자신이 가지고 있다는 것을 모르니 말이다.

하지만 인형설삼은 문제가 생길 수도 있었다.

'수하들은 모두 죽었다. 의뢰인도 죽었다. 유일한 생존자는 나뿐이군. 그렇다면 내가 이 인형설삼을 취하더라도 아무도 알지 못한다. 오히려 본 교에서도 내가 죽었을 거라 생각하겠지.'

천마신교에 대한 독고천의 충성심은 대단한 편이었다. 하지만 이런 기연을 접하자 마음이 살짝 흔들렸다.

'이건 충성심하고는 상관없지. 오히려 내가 강해질수록 본 교에 도움이 되는 것이니 말이지.'

독고천은 고개를 끄덕이고는 상자와 비급을 갈무리한 채 동굴 안으로 깊숙이 들어갔다.

동굴 안으로 걸어갈수록 점점 넓이가 커지더니, 하나의 초옥이 눈에 들어왔다.

"동굴에 초옥이?"

초옥은 매우 낡았으며 남루했다.

독고천은 조심스럽게 초옥의 문을 열었다.

그러자 방 안에는 놀랍게도 의복이 입혀져 있는 해골이 가부좌를 틀고 있었다.

해골의 무릎 위에는 검집 하나와 낡아빠진 서신이 한 장이 올려져 있었다.
 독고천은 조심스럽게 서신을 집어 들었다.

 나는 떠돌이 무사다.
 기연을 얻기 위해 은거고인들을 찾아다녔지만 아무것도 발견하지 못하였고, 이곳 절강 구석에서 생을 마감하고자 한다.
 나의 이름은 차웅(嵯雄).
 훗날 나를 발견할 후배여, 나의 검을 잘 써주시게.

 서신을 옆에 내려놓고는 검집을 집어 들었다. 꽤나 묵직한 느낌에 독고천이 천천히 검을 뽑아 들었다.
 스릉.
 청명한 소리와 함께 검이 빠져나왔다.
 오랜 시간이 흐른 듯 보이는 것치곤 매우 날카로운 예기가 번뜩였다.
 검병 위에는 글씨가 음각(陰刻)되어 있었다.

 진천검(振天劍).

 '명검(名劍)이군.'

독고천이 자신의 검을 내려다보았다.

오랜 시간 함께해 온 탓에 정은 들었지만 미련은 없었다. 칼날도 무뎌져 있었고, 단순한 철로 만들었기에 몇 군데는 녹까지 슬어 있었으니.

독고천은 허리춤에서 원래의 검집을 풀어내고는, 진천검을 허리춤에 찼다.

그리고 차웅이라는 사내의 뼈만 남은 시신을 검과 함께 조심스럽게 묻었다.

그런 뒤 작은 바위를 하나 꽂아서 그 앞에 세웠다.

정과 사를 떠나 무림 선배에 대한 최소한의 예의였다.

'차웅 선배, 편히 쉬십시오.'

독고천은 초옥 안으로 들어가서 검집을 풀어 자신의 옆에 내려놓았다.

그리고 가부좌를 틀고는 품속에 있던 상자를 꺼내 들었다. 뚜껑을 열어 조심스럽게 인형설삼을 쥐자 차디찬 기운이 손을 타고 온몸에 퍼졌다.

독고천은 인형설삼을 조심스럽게 입속에 집어넣었다.

그러자 순식간에 입속에서 녹으며 목구멍으로 빨려 들어갔다.

독고천은 천천히 운기조식을 시작했다.

무림인들은 자신의 내공을 다시 보충하기 위해 가부좌를 틀고 운기조식을 취한다.

운기조식 중에는 주변의 충격으로부터 매우 취약해지기 때문에 보통 안전한 장소에서 운공을 취했으며, 믿을 사람을 호법으로 세워 놓고는 했다.

 운기조식을 취하는 중 잘못 건드리면 심마(心魔)에 빠져 무공을 모두 잃을 수도 있기 때문이다.

 곧 강대하고도 차가운 기운이 독고천의 목구멍으로부터 서서히 퍼져 나갔다.

 그러던 어느 순간, 엄청난 열기가 몸을 두드리자 독고천은 조용히 인형설삼의 기운을 체내에 돌리기 시작했다.

 순간, 인형설삼의 기운이 날뛰기 시작했다.

 독고천의 이마에서 식은땀이 흐르며, 몸이 쉴 새 없이 떨렸다.

 당장에라도 터질 듯 몸이 부풀어 오르고, 의복이 찢겨져 나가며 품속에 있던 비급이 땅바닥에 펼쳐졌다.

 독고천은 힘겹게 기운을 다스리려 했으나 그럴수록 인형설삼의 기운은 더더욱 날뛰기 시작했다.

 독고천의 몸이 점점 부풀었다.

 참다 못한 독고천이 신음성을 터뜨리며 끙끙거렸다.

 바로 그때, 우연이었을까.

 눈이 살짝 떠지며 펼쳐져 있던 비급의 내용이 독고천의 시야에 들어왔다.

내공은 다스리는 것이 아니다.

스스로 의지를 갖게 하고 움직이게 하는 것이지, 억지로 다스리려다 보면 심마에 빠져 오히려 무공을 잃는 경우가 생길 수도 있다.

물론 그런 경지는 천지인(天地人)의 경지를 이해하고……

순간, 독고천은 제어하던 인형설삼의 기운을 놓아 버렸다. 그러자 인형설삼의 기운이 기다렸다는 듯 독고천의 몸 구석구석으로 퍼져 나갔다.

"크흑."

독고천의 몸이 심히 떨렸다.

인형설삼의 기운이 엄청난 속도로 독고천의 혈도를 장악하기 시작했다.

혈도가 터질 듯 팽창하기 시작하더니, 엄청난 고통이 뇌리를 강타했다.

결국 정신을 잃고 마는 독고천이었다.

　　　　　　*　　*　　*

힘겹게 눈을 떴다.

엄청난 고통에 정신을 잃었는데, 오히려 상쾌하고도 맑

은 기운이 전신을 감싸고 있었다.

운기 도중 정신을 놓으면 보통 심마에 이르게 되어서 죽는 경우가 많은데, 운이 좋게도 인형설삼의 기운이 제어받지 않고 더욱 잘 퍼지게 되는 효과를 얻은 것이었다.

독고천은 잠시 자신의 단전을 만지작거렸다.

전과는 달리 매우 강대한 기운이 연신 넘실거렸고, 손에서 괴이한 기운이 흘러나오는 것을 알게 되었다.

평상시 흘러나오던 자색 마기가 아니었다.

푸른 기운이 흘러나오고 있었다.

괴기한 느낌이 느껴지는 것으로 보아 마기는 분명 맞았다.

그러나 색깔이 달랐다.

푸른 마기는 독고천, 그 자신도 처음 보는 것이었다.

'인형설삼의 한기 탓인가?'

그것 외에는 설명할 길이 없었다.

인형설삼의 지독한 한기가 마기의 색깔마저 바꾸어 놓은 것이었다.

몸의 기운을 일 주천하던 독고천은 저도 모르게 검집을 허리춤에 찼다.

그리고 초옥에서 나와 동굴 밖으로 향했다.

어느새 세상은 달라져 있었다.

독고천은 새하얀 눈으로 뒤덮인 수풀들을 멍하니 바라

보았다.
 '겨울?'
 분명 동굴 안으로 들어가기 전까지만 해도 가을이 채 되지 않은 터였다.
 그런데 어느새 겨울이 되어 있던 것이다.
 '도대체 내가 얼마나 정신을 잃었던 것이지?'
 순간, 독고천은 자신의 의복을 살펴보았다. 군데군데가 찢어져 있어서 걸레나 다름없었다.
 맨살이 차가운 공기에 닿았지만, 차갑다는 느낌조차 들지 않았다.
 독고천의 신형이 수풀을 뚫고 지나갔다.
 경신술을 사용하는 와중에도 독고천의 기혈은 연신 강대한 기운으로 꿈틀거리고 있었다.
 '엄청나군.'
 독고천의 입가에 절로 미소가 생겨났다.
 강대한 기운이 그의 기분을 흡족하게 해 주었다.
 그때, 독고천의 뇌리에 혈마심득이 스쳐 지나갔다.
 독고천의 움직임이 일순 멎었다.
 겨우 이 정도에 만족할 순 없었다.
 '겨우 내공이 증진되었다고 좋아하는 꼴이라니.'
 얼굴이 붉게 변했다.
 무공에 대한 독고천의 집착은 그 누구보다도 대단했다.

막대한 내공을 얻게 되어 기분이 좋았지만, 그로 인해 자신이 가야 할 길이 더욱 멀게 느껴졌다. 한데 겨우 내공 증진 따위에 궁극적인 목표를 잊어버린 것에 대해 수치심을 느낀 것이었다.

 독고천이 다시 동굴 속으로 들어갔다.

 그의 머릿속엔 천마신교로의 귀환 따윈 잊혀진 지 오래였다.

 그는 초옥을 정리하기 시작했다.

 낡은 먼지들을 털어 내고 부서진 문짝을 대충이나마 수리하였다.

 그리고 살수로 활동할 당시 배웠던 기술로 벽곡단(辟穀團)을 제조하여 초옥 안쪽에 쌓아 놓았다.

 벽곡단은 솔잎을 따서 말린 후 기타 잡곡들과 찧은 후, 꿀을 묻혀 환(丸)으로 만들어 건조시키면 완성되는 것이었다.

 물론 숲 속에서 구할 수 있는 잡곡은 매우 한정적이었기에 완벽한 벽곡단을 만들 수는 없었지만, 그럭저럭 괜찮은 것을 만들 수 있었다.

 벽곡단은 나름 완벽한 영양소를 갖추고 있으며, 무공을 익힌 무림인이라면 벽곡단 서너 개로 한 끼를 해결할 수 있을 정도였다.

 초옥 왼편에는 동굴 천장으로부터 물이 떨어지는 곳에

바가지를 만들어 받쳐 놓았다.
 식량과 물 걱정이 끝나자 독고천은 초옥에 들어가 혈마심득을 품속에서 꺼내 펼쳤다.
 그리고 이 년이 흘렀다.

第三章

강호재출(江湖再出)

"도망가 봤자 헛수고라니까."

흑의사내가 이죽거리며 흐느적거렸다.

흑의사내의 뒤에는 열 명가량의 사내들이 서 있었다.

그들의 몸에서는 강대한 기운이 흘러나오고 있었는데, 꽤나 무공을 익혔는지 눈에 보일 만큼 태양혈(太陽穴)이 튀어나와 있었다.

청의사내의 옷은 모두 찢겨져 있었고, 검상이 즐비했으며, 입가에서는 피가 흐르고 있었다.

복부 쪽에서 심한 검상을 입었는지 의복이 피로 젖어 있었다. 그럼에도 청의사내의 눈빛은 살아 있었다.

"이놈들아, 이곳이 점창파의 구역인지 모르고 이딴 짓

을 해대는 것이냐!"

 점창파(點蒼派)!

 구파일방 중 한자리를 꿰차고 있는 당당한 명문정파였다.

 운남(雲南)의 패자이자 지주인 점창파는 독특한 규칙을 지닌 문파였다. 달리 점창검파라고도 불리는 그들은 검에 대한 규율이 매우 엄격했다.

 검을 잃어버리면 파문을 당한다든지, 검의 관리가 소홀하면 참회동(懺悔洞)에서 면벽수련을 한다든지 하는 특이하면서도 엄격한 규율들이 바로 그것이었다.

 그러나 그런 규율들이 있었기에 점창파는 검의 명가로서 이름을 날릴 수 있었다.

 보통 문파의 제자들이 잘못을 저지르면 면벽수련을 하거나 참회동에 갇혀 있음으로써 깨우치게 해 준다.

 그러나 참회동은 종종 문파에 침입하는 침입자들을 가두는 데에 사용하기도 했다.

 "점창파의 구역이라는 거 잘 알지. 그런데 뭐 어쩌라고? 그래서 네가 점창파의 제자라도 되냐?"

 "그, 그건 아니지만……."

 흑의사내의 이죽거림에 청의사내가 당황했다. 그러자 흑의사내가 킬킬거리며 턱짓으로 청의사내를 가리켰다.

 "죽이고 칼을 가져와라."

"옛!"

명령이 떨어지자 흑의인들이 어슬렁거리며 청의사내에게 다가갔다.

청의사내가 힘겹게 검을 뽑아 들었다.

스릉.

맑은 소리와 함께 검신이 빛을 발했다.

검병은 붉은 기가 돌고 있었는데, 매우 고풍스러운 것을 보아 고급스런 가죽을 덧댄 듯 보였다.

검신은 얼음처럼 투명했으며 날카로운 검날은 무엇이든 벨 수 있을 것처럼 번뜩이고 있었다. 또 당장에라도 날아갈 듯한 용 문양이 그려져 있었는데, 차가운 한기가 흘러나오고 있었다.

그걸 보자 흑의사내가 더욱 탐욕스런 눈빛을 띠었다.

"빙룡검(氷龍劍)을 이런 시골구석에서 발견할 줄이야."

빙룡검이 무엇이던가.

무림오대명검(武林五代名劍) 중 당당히 세 번째 자리를 차지하고 있는 명검이 아니던가.

빙룡검은 북해빙궁(北海氷宮)의 궁보(宮寶)라고 알려져 있었는데, 이렇게 등장한 것이었다.

북해빙궁은 북해에 위치한 문파로, 빙공(氷功)과 한공(寒功)을 중심으로 세력을 키운 문파였다. 또한 정파와 사파 그 어디에도 속하지 않으며 중도를 걷는 문파였다.

그 존재가 비밀에 싸여 있지만 매우 강력한 힘을 자랑하는 새외 세력 중 하나이기도 했다.

새외에 존재하고 있기에 중원에 비해 무시당하는 것은 어쩔 수 없었다.

하지만 가끔씩 중원에 나타나는 북해빙궁 고수들의 한 공은 중원인들이 치를 떨 정도로 패도적이며 강함을 자랑했다.

"다가오면 베겠다!"

말과 달리 검을 쥔 청의사내의 손은 희미하게 떨리고 있었다. 그 모습에 흑의인들이 이죽거렸다.

"아이고, 무서워서 다가가지 못하겠군."

"하하, 그러게 말이야."

순간, 흑의인들의 시선이 뒤에 있던 동굴에 꽂혔다. 동굴에서 웬 사내가 걸어 나오고 있었기 때문이다.

걸레와도 다름이 없는 흑의를 걸친 사내의 허리춤에는 검집이 매달려 있었는데, 더러운 얼굴에는 덥수룩한 수염이 자라 있었다.

사내는 동굴에서 이 년의 시간을 보낸 독고천이었다.

"뭐야, 저 거지같은 놈은?"

흑의인들의 중얼거림에 청의사내가 슬쩍 뒤를 돌아보았고, 그제야 동굴에서 나오는 독고천을 발견하였다.

청의사내가 간절하게 외쳤다.

"대협, 도와주시오! 이자들이 본인을 핍박하여 강도짓을 하고 있소!"

동굴에서 나온 독고천이 조용히 청의사내와 흑의인들을 번갈아 쳐다보았다.

그러자 흑의인의 우두머리가 이죽거렸다.

"조용히 동굴 속에 있었으면 살 수 있었을 터인데, 저놈도 죽여 버려."

"옛!"

흑의인들이 검날을 번뜩이며 악귀와도 같은 미소를 지었다.

청의사내는 독고천을 간절히 쳐다보았지만 전혀 도움이 될 것 같지 않아 이를 악물었다.

"오냐, 나 사나이 자운룡(紫櫄龍)! 내 이름을 걸고 한 명이라도 더 데려가겠다!"

자운룡의 희미하게 떨리던 손이 지금은 굳건히 검을 쥐고 있었다.

그러나 흑의인들과의 거리가 좁혀질수록 자운룡의 이마에서는 식은땀이 흘러내렸다.

다가오던 흑의인들의 신형이 움직였다.

흑의인들의 검이 당장에라도 청의사내의 이마를 꿰뚫을 것만 같았다.

순간, 독고천의 손이 번쩍였다.

강호재출(江湖再出) 85

그러자 제일 앞서 나와 있던 흑의사내가 피를 토하며 뒤로 나자빠졌다.

독고천의 손이 다시 번쩍였다.

이번엔 두 명의 흑의사내가 가슴을 부여잡으며 옆으로 뒹굴었다.

그것을 지켜보던 우두머리의 입가에서 웃음기가 싹 가셨다.

'……보이지 않았다.'

세 명의 흑의인이 널브려져 신음을 터뜨리고 있었지만, 독고천의 팔은 언제 그랬냐는 듯 늘어져 있었다.

상대를 경시하였기에 처음에는 보지 못했는데, 독고천의 몸에서는 푸른빛의 무언가가 흘러나오고 있었다.

그것으로 보아 절대 하수가 아니었다.

우두머리가 검을 뽑으며 이를 악물었다.

"이거, 고수가 납시었군."

순간, 그에 맞서 독고천 역시 검을 뽑아 들었다. 묵직한 기운이 물씬 풍겨 나오자 우두머리의 표정이 더없이 굳어졌다.

스릉.

자연스레 뽑힌 독고천의 검이 허공을 갈랐다.

파앗.

그와 동시에 널브려져 있던 흑의인들의 숨이 끊어졌다.

그 모습에 우두머리가 이를 갈았다.

"네놈도 착한 놈은 아닌 것 같군. 우리와 같은 놈인 것 같은데 통성명이나 하지. 혈무문(血武門)의 이번로(李磻蘆)다."

혈무문은 귀주(貴州)에 자리 잡고 있는 사파 중 하나였다. 귀주는 산세가 험악하다 보니 사람들이 잘 다니지도 않았고, 시장바닥도 그리 큰 편이 아니었다.

그러다 보니 귀주에 자리 잡고 있는 혈무문은 운남으로 자주 오는 편이었다.

혈무문은 비록 큰 문파는 아니었지만, 장로 급 중 이름난 고수들을 많이 섭외해 왔고 점점 귀주의 패자로 자리 잡아 가고 있는 문파 중 하나였다.

혈무문의 문주는 신외지물(身外之物)을 좋아하여 수단과 방법을 가리지 않고 모으는 취미를 가지고 있다고 알려져 있었다.

특히나 명검에 대해서는 지독할 정도로 집착했다.

문주가 하루가 멀다 하고 무림 신외지물들의 그림을 보여 주며 연설을 하지 않았더라면, 이번로도 빙룡검이고 뭐고 알아보지 못했을 것이다.

독고천이 이름을 밝히지 않자 이번로가 사나운 눈빛으로 노려보았다.

그에 가만히 서 있던 독고천이 검을 살짝 흔들었다.

핏물이 흘러내리며 땅에 떨어졌다.

그 모습을 바라보던 이번로가 침을 삼켰다.

자신이 상대할 수 있는 수준이 아니었다.

'빌어먹을. 이런 촌구석에서 빙룡검이란 말도 안 되는 엄청난 기연을 만났나 했더니, 역시나 똥 밟았군. 역시 세상에 공짜는 없는 건가.'

"본인은 이 일에서 손을 떼고 부하들과 자리를 떠나겠네. 헛생각도 없고, 암습을 하지도 않을 것이며, 나중에 복수한다는 생각도 가지고 있지 않네."

이번로가 검을 검집에 집어넣고는 적의가 없다는 듯 양손을 위로 들어 올렸다.

그리고 수하들에게 눈치를 보냈다.

수하들도 급히 검을 집어넣고는 뒷걸음질치기 시작했다. 그러는 동안에도 독고천은 조용히 바라보고만 있었다.

이번로는 식은땀을 흘리며 뒷걸음질치다가 어느 정도 거리가 멀어지자 수하들과 함께 부리나케 도망쳐 버렸다.

그 모습을 바라보던 자운룡이 진이 빠진 듯 털썩 주저앉았다.

"휴."

자운룡은 한숨을 쉬다 말고 문뜩 무언가를 깨달은 듯 벌떡 몸을 일으켰다.

그러고는 독고천을 향해 정중히 고개를 숙여 보이며 포

권지례(抱拳之禮)를 올렸다.

포권지례란 하수가 고수를 보았을 때나 무언가 감사를 표현해야 할 일이 있을 때, 혹은 정중히 인사를 해야 할 상대를 만났을 때 하는 행위였다.

또한 가슴 앞에서 왼손으로 오른 주먹을 감싸는 것이 바로 포권지례의 방법이었다.

"대협, 구해 주셔서 정말 감사합니다. 대협의 존성대명(尊姓大名)을 알고 싶습니다. 저는 북해빙궁의 자운룡이라 합니다."

북해빙궁의 인물이라는 말에 놀랄 만도 하건만 독고천은 그저 고개만 까닥거릴 뿐이었다.

"독고천이오."

말과 함께 독고천의 몸에서는 푸른 마기가 흘러나와 자운룡의 몸을 옭아매기 시작했다.

자운룡이 기겁하며 뒤로 물러섰다.

"그, 그건 뭡니까?"

"마기요."

마기라는 말에 자운룡이 고개를 주억거렸다.

얼핏 듣기에 마공을 익히거나 천마신교에 소속된 고수들이 몸에서 마기를 흘린다고 들은 탓에 자운룡이 물었다.

"그럼 대협은 천마신교의 고수십니까?"

새외의 고수들은 중원에 대해서 무지하다고 해도 무방

할 정도였다.

단지 구파일방과 세력이 큰 몇 개의 문파 이름만을 알고 있는 정도랄까.

알지를 못하니 선입견을 가질 이유나 필요도 없었다.

자운룡의 아무런 감정이 없는 듯한 질문에 독고천의 눈이 살짝 흔들렸다.

"그렇소."

그러자 자운룡이 함박 미소를 지었다.

"이런 깊은 숲 속에서 대협 같은 분을 만나서 목숨을 건졌습니다. 이 은혜를 어찌 갚아야 할지 모르겠습니다. 저는 지금 중원으로 도…… 험험, 유람 중입니다. 실례가 되지 않는다면 은혜를 갚고자 의복을 선물해 드리고 싶습니다. 겸사겸사 식사도 같이하고 술도 한잔하시죠."

자운룡이 독고천의 옷을 살짝 훑어보고는 씨익 웃어 보였다.

그에 독고천이 슬쩍 자신의 옷을 내려다보고 고개를 들었다.

자운룡과 독고천의 시선이 마주쳤다.

자운룡이 넉살 좋게 입을 떼었다.

"객잔으로 모시겠습니다, 대협."

*　　*　　*

뜨거운 물이 몸을 데웠다. 김이 모락모락 나오자 독고천이 깊게 숨을 내쉬었다.

"하아."

지난 이 년 동안 묵은 때를 밀기 시작하자 땟국물이 바닥에 흘러내렸다.

때가 껴 있던 손톱도 정리하고 수염과 머리도 깔끔히 깎았다.

목욕을 마친 독고천은 자운룡이 새로 사 온 흑의로 갈아입었다.

그런 후 객잔으로 내려오자 자운룡이 벌떡 일어났다.

처음에는 괴인이라고만 생각했는데 예상외로 훤칠한 청년이었던 것이다.

"인물이 훤하십니다, 대협."

"고맙소."

독고천은 수련하는 동안 사람과 단절된 탓에 말하는 것이 약간은 어색한 듯 입을 달싹였다.

자운룡과의 약간의 대화를 통해 독고천은 자신이 수련하고 나서 대략 이 년이 흐른 것을 알 수 있었다.

'본 교는 나를 찾았을까? 지금 돌아간다면 문책을 면할 수 있을까? 본 교라면 최소한 근신에 심하면 사형까지 가능할 텐데. 돌아가는 것이 맞을까?'

천마신교의 율법은 강력했다.

 상관의 명령은 절대적이며 반드시 따라야 하는 것이었다. 심지어 상관의 명령을 어길 경우, 사형에 처하기도 하는 것이 천마신교의 율법이었다.

 '하지만 율법을 어긴 것이 아니다. 표물 운행 중 사고를 당하게 되었고, 그동안 치료하느라 연락을 하지 못한다고 하면 되겠지. 그동안 정신을 잃어 누군가 운 좋게 돌봐 주었다고 지어내면 되겠지.'

 생각이 정리되었는지 침묵하던 독고천이 고개를 주억거렸다.

 독고천이 홀로 생각에 잠겨 있자 자운룡이 점소이를 불렀다.

 "이보게, 여기 오리탕 두 그릇에 동주(董酒)를 부탁하겠네."

 "예, 곧 가져다드립죠."

 점소이가 활짝 웃고는 주방으로 걸어가 모습을 감추었다.

 귀주와 운남은 붙어 있었기에 자주 교류를 하는 편이었다. 그렇기에 귀주에서 유명한 동주를 운남에서도 시음할 수 있었다.

 동주는 맑고 투명하며 짙은 향기가 코를 찌르는 게 특징인 술인데, 매우 감미롭고 상쾌하여 많은 주객(酒客)들이 찾는 술 중 하나였다.

오리탕과 동주가 나오자 자운룡이 술을 잔에 따라 주며 독고천에게 권했다.

"독고 대협, 한잔하면 한결 기분이 좋아지실 겁니다."

"고맙소."

독고천이 한 잔을 시원스레 들이켰다.

그러자 자운룡이 만족한 듯 자신도 한 잔을 통쾌하게 마셨다.

"크으, 역시 귀주에 오면 동주를 마셔 봐야 한다는 것이 정말이었습니다. 확실히 다르긴 하군요."

잔을 탁자에 탁, 올려놓은 자운룡이 오리탕에서 다리 한쪽을 뜯어 입에 가져갔다.

"오, 중원의 오리탕은 이렇게 만듭니까?"

자운룡은 쩝쩝거리는 소리까지 내면서 오리탕을 맛나게 먹어댔다.

그 모습에 독고천이 쓴웃음을 지었다.

"한데 자 소협은 어째서 중원으로 도망쳐 나온 것이오?"

독고천의 질문에 오리탕을 쩝쩝거리며 먹던 자운룡이 사레가 걸렸는지 컥컥거렸다.

"크흠. 무슨 소리십니까, 대협?"

애써 표정을 관리했지만, 이미 들킨 것 같았다. 자운룡은 동주 한 잔을 들이켜고는 한숨을 내쉬었다.

"하아, 사실……."

자운룡이 주위를 살펴보더니 목소리를 낮추었다.

"……전 북해빙궁의 소궁주(小宮主)입니다."

놀라기를 기대했는지 자운룡이 뜸을 들였지만 독고천은 덤덤했다. 그 모습에 자운룡이 뭔가 아쉽다는 듯 말을 이어 나갔다.

"중원은 잘 모르고 있겠지만, 사실 저를 포함해 두 명의 소궁주가 더 있습니다. 그리고 궁주인 아버지께서는 현재 위독하시지요. 흔한 이야기입니다. 그냥 서로 궁주 해먹으려고 싸우다가 지쳐서 그냥 도망쳐 나왔습니다. 수하들을 데려올까도 생각해 봤지만, 그것도 여의치 않았습니다. 그 누가 소궁주가 도망치려는데 쉽사리 네네, 하고 쫓아오겠습니까? '소궁주가 도망간다!' 하고 소리나 안 지르면 다행이지."

흥미롭게 이야기하던 자운룡이 심드렁한 표정을 지었다.

"정말 지쳤지요. 만날 동생 놈들이 잡아먹으려고 하고 하루하루가 바늘방석이었지요. 그래서 그냥 이 검 하나 들고 도망쳐 나왔습니다. 하하!"

자운룡이 시원스레 웃으며 다시 동주 한 잔을 들이켰다.

"크으, 원래 궁주가 되려면 이 검이 있어야 합니다. 아버지께서는 저에게 이 검을 주셨지요. 그래서 나머지 동생 놈들이 이 검을 빼앗으려는 것을 알기에 그냥 냅다 도망쳤습니다. 제가 궁주가 못 되는 이유는 무공이 약하거든요. 매우매우 약합니다. 동생 놈들에게 양보할 수도 있었지만, 괜히 배가 아프더군요. 아시잖습니까, 내가 갖긴 싫지만 남 주긴 아까운 거. 하여튼 그래서 북해빙궁의 신물을 들고 중원으로 이렇게 날아온 겁니다."

 조용히 자운룡의 한탄을 듣고 있던 독고천이 아무 말 없이 잔을 스윽 들었다.

 그러자 자운룡이 씨익 웃으며 잔을 부딪쳐 왔다.

 챙.

 술자리가 깊어지는 가운데 사나이들의 밤이 무르익어 갔다.

 *   *   *

 "부르셨습니까?"

 부복해 있던 흑의사내가 고개를 조아렸다.

 그러자 단상 위에 앉아 있던 중년인이 턱을 쓰다듬었다.

 "그래, 찾았나?"

밑도 끝도 없는 말이었지만 흑의사내는 고개를 조아리더니 입을 열었다.

"인형설삼이 없어진 지 벌써 이 년이 흘렀습니다. 물론 아직까지 찾고는 있지만, 누군가 이미 취하지 않았겠습니까? 또한 그것이 흑천교(黑天敎)의 짓이라면 확실할 것입니다."

흑천교!

흑천교는 혈교라는 거대한 문파에서 분리되어 나온 문파 중 하나였다.

혈교는 사술을 중심으로 일어난 문파인데, 요상한 사술로 많은 무림인들을 죽음으로 밀어 넣었다.

천마신교와 함께 사파를 양분화할 정도로 혈교의 영향력은 지대했다.

흑천교는 혈교의 분타와도 같은 곳이었는데, 혈교의 부교주였던 곽치돈(藿峙敦)이 교주 다툼에서 쫓겨난 후 세를 키워서 독립한 문파였다.

전대 혈교 교주가 심마를 얻어 급작스럽게 사망한 후 부교주과 소교주 간에 벌어진 세력 다툼.

결국 소교주였던 진보난(眞普蘭)이 압도적인 무력을 이용하여 교주로 등극함으로써 혈교의 내전은 마무리되었다.

"그래, 흑천교 놈들이 표물 운행을 습격했다는 사실은

알고 있어. 하지만 그 일 때문에 사마련(死魔聯) 측에 벌써 이 년째 사과문과 함께 공물을 바치고 있단 말이지. 이거, 본 교 체면이 말이. 아니야. 아, 인형설삼! 그게 얼마나 대단한 건지는 본좌도 알아. 중원에 단 두 개밖에 없다며!"

중년인이 씩씩거렸다.

"그래도 그렇지, 본 교가 표물운행에 뛰어들었다는 것을 숨기기 위해 이 짓거리를 해야 한다니. 마음 같아서는 그냥 확 엎어 버리고 싶다니까. 사파 최강인 본 교가 사마련 따위에게 고개나 숙이고 있다니!"

중년인이 이를 갈며 단상을 움켜잡았다.

그러자 흑의사내가 고개를 끄덕였다.

"맞습니다, 비마대주(飛魔隊主)님."

"교주님도 말이야, 왜 평화를 유지하고 계시는 건지 모르겠어. 그냥 사마련 따위는 역천악귀대만 보내 버려도 하루 안에 멸문시킬 수 있는데 말이야. 그 악귀 놈들이 만날 구석에 처박혀서 칼만 갈고 있는 것을 볼 때마다 본좌의 가슴이 찢어질 것 같단 말이야."

비마대주가 탄식을 내뱉었다.

"에휴, 어쨌든 또 부탁하겠네. 벌써 이 년이 흘렀지만, 그래도 조그만 단서라도 나오면 빨리빨리 부탁하네. 누가 처먹었는지라도 알아야 사마련 놈들한테 따질 수 있지 않겠나. 부탁하네, 천 부대주. 워낙 본 교의 일이 바쁘니 다른 놈들은 지금 다른 곳에서 피똥 싸고 있을 거야. 그래도 자네니까 이런 일도 맡길 수 있는 거고, 이 일을 통해서 지난 이 년 동안 푹 쉬지 않았나. 많은 정보들도 가져왔고 말이야. 부탁하겠네."

천 부대주라 불린 흑의사내가 정중히 고개를 숙였다.

"옛."

천 부대주가 밖으로 나가자 비마대주가 한숨을 내쉬었다.

"이 빌어먹을 사마련 놈들. 내가 꼭 이 굴욕을 갚아 주마. 에휴, 이게 뭐 하는 짓거리인지. 아니, 인형설삼을 처먹은 놈이 있으면 '나, 인형설삼 처먹은 놈이오!' 하고 자랑하러 나와야 하는 거 아닌가?"

혼자 투덜거리던 비마대주가 화를 식히며 창밖을 바라보았다.

자신의 답답한 속내와는 달리 하늘은 푸르기만 했다.

"쳇, 날씨는 좋구먼."

  *   *   *

천선우는 조용히 서류를 살펴보았다.

벌써 이 년째 정보를 수집하고 있었다.

비마대주의 개인적인 원한이 매우 강했기에 이 년이나 잡아먹은 것이지, 보통 이런 사건이라면 한 달 내로 접는 것이 정상이다.

하지만 천선우는 비마대주의 명을 받들어 꾸준히 정보를 캐고 있었다.

인형설삼은 이미 누군가 취했을 것이 분명했다.

하지만 그것이 누구냐는 것이 문제였다.

표물 운행을 습격했던 흑천교 고수들은 문파로 돌아가 꽁꽁 틀어박혀 나오질 않았기에 족칠 방법이 없었다.

'독고천이라……'

표물 운행을 맡은 총책임자였다.

처음 천선우가 악마대로 차출되었을 당시에 만난 독고천은 매우 독특한 인물이었다.

그를 따라간 덕분에 비마대로 선출되어 이렇게 부대주의 자리까지 오르지 않았던가.

천선우는 서류를 자세히 살폈다.

표물 운행 인물 중 독고천 외에 뛰어난 인물은 없었다.

그러니 생존 확률이 가장 높은 것은 독고천이었고, 아마 흑천교 측에서 인형설삼을 얻지 못했다면 그에게 넘어갔을 확률이 매우 컸다.

하지만 문제점은 생존자가 없다는 것이었다.

피해자들 중 생존자가 없으니 증언을 들을 수도 없었

고, 가해자 중 족칠 수 있는 놈들이 없으니 인형설삼의 행방을 당최 찾을 방법이 없었다.

'그냥 본 교의 이름을 팔아서 흑천교 놈들을 몰아붙이면 벌벌 떨면서 알아서 정보를 내줄 텐데 말이지.'

그것도 사실 어려웠다.

천마신교 측에서는 비밀리에 분타들을 건설 중이기 때문에 막대한 비용이 필요했다.

그리고 그중 표물 운행은 매우 짭짤한 수익을 올리고 있었다.

하오문(下午門)을 통하여 표물 운행을 하고 있기에 세인들은 천마신교가 관련이 있다는 것을 전혀 알지 못했다.

파견 보내는 고수들도 마기를 덜 풍기는 마인들로만 구성하여 파악이 어려웠다.

물론 초반에는 하수들이 별로 없어서 비록 마기가 짙지만 소속이 없는 독고천을 파견하기는 했다. 하지만 강호에 알려지지 않은 인물이니 상관없었다.

다른 사파의 무공들 중에서도 사기(邪氣)나 마기를 풍기는 무공들이 없지 않았기에 독고천을 보더라도 바로 천마신교를 떠올리기엔 무리가 있었다.

서류를 읽어 가던 천선우가 뒷목을 만지작거렸다.

'나가 볼까?'

            *   *   *

하루가 지나고 아침이 찾아왔다.

"대협은 어디로 가실 예정입니까?"

소면을 먹던 자운룡이 독고천에게 물었다.

차를 홀짝이던 독고천이 무언가 생각하는 듯 무심한 표정을 지었다.

그러더니 이윽고 입을 열었다.

"본 교로 복귀할 예정이오."

"본 교라면…… 천마신교 말씀이십니까?"

"그렇소."

독고천의 대답에 소면을 먹다 말고 자운룡이 흥미로운 표정으로 조심스럽게 물어왔다.

"저도 따라가면 안 되겠습니까?"

"왜 그러시오?"

"다름이 아니라, 본 궁으로 돌아가기는 너무 이르고, 그렇다고 혼자 강호를 돌아다니다 보면 어제와도 같은 일이 또 발생할지도 몰라서 말이죠. 그리고 제가 듣기로는 천마신교가 무림에서 최강의 단일 세력이라 들었습니다. 또한 비밀에 싸인 곳이라 들었지요. 그래서 마침 이것도 인연인데 겸사겸사 천마신교라는 곳을 구경하고 싶습니다."

살짝 흥분하였는지 말을 하는 자운룡의 얼굴은 상기되어 있었다.

"뭐, 같이 가는 것은 상관없는데, 한 번 들어가면 나오지 못할 수도 있소."

담담한 독고천의 말에 자운룡이 움찔했다.

"못할 수도 있다는 말씀은?"

"본 교의 비밀이 누설되지 않도록 당신을 입교시키거나, 혹은……."

"혹은……?"

"알아서 처리할 수도 있단 말이오."

자운룡이 침을 꿀꺽 삼켰다.

그러나 고민도 잠시. 이내 단호한 표정을 지었다.

"그래도 따라가겠습니다. 어차피 대협이 아니었다면 어제 죽었을 목숨. 앞으로는 제가 하고 싶은 일을 하며 살려고 합니다. 그리고 이런 기회가 또 언제 찾아오겠습니까. 제가 본 궁에서 뒤적거린 바로는 천마신교의 고수분들은 무림에 잘 나오지 않아 만나기 어렵다고 들었습니다. 그런데 이렇게 만나게 되었으니 천마신교로 방문하라는 하늘의 계시지요."

"마음대로 하시오."

독고천의 말에 자운룡이 신났는지 소면을 마구 들이마셨다. 바닥에 남은 국물까지 핥아먹은 자운룡이 은근한 표정을 지었다.

"그리고 대협, 대협 하려니 제가 좀 불편해서 그런데, 그냥 형님이라 부르면 안 되겠습니까?"

"마음대로 하시오."

독고천의 시원스런 대답에 자운룡이 탄성을 내뱉었다.

역시였다. 천마신교의 고수들은 허례허식에 얽매이지 않고 시원하고 호탕한 자들이 많다고 들었는데, 그게 사실이었던 것이다.

힘을 숭상하는 철혈(鐵血)의 세계를 살아가는 절대의 고수들이 바로 천마신교의 사람들이라 들었던 것이다.

물론 새외에서는 그렇게 생각하겠지만, 정파에서 본다면 잔인하고 악독하며 무례한 자들이 바로 천마신교의 고수들이었다.

새외 세력은 천마신교와 멀리 떨어져 있으니, 접촉할 기회도 적었고 다툴 기회도 없었다.

하지만 정파는 하루하루가 사파와의 다툼의 연속이니, 선입견이 생겨 서로 비난할 수밖에 없었던 것이다.

그리고 천마신교의 고수들이 확실히 나쁜 놈 쪽에 속해 있는 편이긴 했다.

"그럼 바로 출발하실 겁니까, 형님?"

형님이라 불러 놓고는 자운룡이 저도 모르게 씨익 웃었다. 누군가를 형님으로 모신다는 것, 괜찮은 기분이었다.

"곧바로 출발할 예정이오."

독고천의 말에 자운룡이 섭섭하다는 듯 고개를 내저었다.

"말을 편히 하셔도 됩니다, 형님."

"그러도록 하지."

독고천이 자연스럽게 하대를 하자 그제야 만족한 듯 자운룡이 고개를 끄덕였다.

독고천은 천마신교에서 자란 인물이었다.

그렇기에 서열에 아주 민감했으며, 상대가 자신보다 낮다고 인식되면 하대하는 것이 매우 자연스러웠다. 반대로 상급자에 대해서 복종하는 것도.

객잔을 나선 독고천과 자운룡은 숲 속을 가로지르며 천천히 천마신교로 발걸음을 옮기고 있었다.

자운룡은 독고천의 거침없는 행보에, 독고천은 자운룡의 재미난 입담에 서로 호감을 표했다.

자운룡은 어릴 때부터 무림에 관한 기사(奇事)들을 많이 알아 가는 내내 심심치 않게 재미나고 기이한 이야기들을 해 주었다.

"옛날에 어떤 꼬마와 할애비가 함께 살고 있었는데, 사실 그 할애비가 전설상에 나오는 용이라는 영물이었다는 겁니다. 그 할애비 용은 꼬마를 너무 사랑한 나머지 자신의 여의주를 반으로 쪼개 주었는데, 꼬마는 그게 전병인 줄 알고 깨물었답니다. 결국 꼬마 턱이 아작 나고 너무나 고통스러운 나머지 죽고 말았답니다. 그래서 그 할애비 용이 너무 슬퍼 눈물을 흘렸는데, 그 눈물이 땅에 스며들자 산이 하나 생겨났답니다. 그리고 그 산에 꼬마 아이들이 들어가면 항상 실종당한답니다. 그 할애비 용이 잡아간다는 소문이 퍼졌지요. 그래서 그 산 이름이 노한산(老恨山)이라 지어졌습니다. 아직도 꼬마 놈들이 들어가면 실종된다고 하더군요."

이야기를 하던 자운룡이 순간 부르르 몸을 떨었다.

"본 궁 뒤쪽에 있는 산인데, 저도 어릴 때는 너무나 무서워서 그쪽으로는 오줌도 안 누었습니다. 뭐, 지금은 상관없기는 한데…… 아는 사람입니까?"

이야기를 하던 자운룡이 문득 한쪽을 가리키며 물었다.

그곳에는 흑의를 말끔히 차려입은 사내가 숲길을 가로막고 있었다.

그의 입가에는 가벼운 미소가 맺혀 있었다.

"드디어 찾았군. 몇 년 만이지?"

독고천이 조용히 흑의사내를 쳐다보았다.

그러자 흑의사내가 성큼성큼 다가왔다.

"역시 내 예감은 틀리지 않았어. 본 교로 복귀 중인가, 아니면……."

흑의사내가 씨익 웃었다.
 "……도망 중인가?"
 "복귀 중이다."
 독고천의 말에 흑의사내가 고개를 끄덕였다.
 그러고는 품속에서 서류를 꺼내더니 작은 붓으로 휘저었다.
 "다행이야. 본 교의 인재를 잃지 않게 되어서……. 그나저나 그 물건은 어디로 갔나?"
 물끄러미 독고천을 바라보던 흑의사내가 알겠다는 듯 이내 고개를 주억거렸다.
 "왜 그 물건을 취했지?"
 "어쩔 수 없었다."
 "다쳤나?"
 "그렇다."
 흑의사내가 서류를 뒤적이며 물었다.
 "암습에 당해 정신을 헤매다 그 물건을 섭취하고 누군가의 도움을 받아 상처를 치료하고, 여태까지 사경을 헤매다 본 교로 귀환하는 중이었나?"
 순간, 독고천과 흑의사내의 시선이 허공에서 얽혔다.
 흑의사내의 입가에는 가벼운 미소가 머금어져 있었다.
 한참 동안 흑의사내의 눈을 바라보던 독고천이 고개를 끄덕였다.

그러자 흑의사내가 붓으로 서류에 무언가를 써 내려가더니, 독고천을 올려다보며 씨익 웃었다.

"받아들이지. 본 교 입장에서도 자네와 같은 고수를 잃고 싶진 않을 테니 말이야. 예전에 받았던 은혜는 이걸로 갚은 셈 치도록 하지."

은혜라는 말에 독고천이 의아한 표정을 짓자 흑의사내가 손사래를 쳤다.

"아무것도 아니야."

시선을 피한 흑의사내가 자운룡을 바라보았다.

"본인은 천선우라고 하오."

천선우가 정중히 인사를 건네자 자운룡도 마주 포권을 취했다.

"자운룡이라 합니다."

"소협께서는 북해빙궁에서 오시지 않았소?"

"맞습니다. 어찌 아셨습니까?"

천선우의 눈이 빛났다.

"허리춤에 매여 있는 빙룡검을 보고 알았소. 소궁주시오?"

"맞습니다."

자신의 정체가 까발려지자 자운룡은 당황했다. 자신은 이름밖에 모르는데 상대방은 모든 것을 아는 것 같으니 말이다.

그걸 눈치챘는지 천선우가 미소를 지었다.

"본인은 정보 조직에 소속되어 있기 때문에 그런 것이오. 그냥 조금 정보에 밝다고 이해해 주시면 고맙겠소."

"알겠습니다."

그러나 천선우의 미소에 자운룡은 무언가 기괴함을 느꼈다. 입과 달리 눈은 전혀 웃고 있지 않았기 때문이다.

자운룡은 저도 모르게 팔에 소름이 돋았다.

그사이, 천선우가 서류를 정리하고는 품속에 갈무리했다.

자신의 가슴팍을 손바닥으로 툭툭 두드려 보인 천선우가 씨익 웃었다.

"같이 가겠나?"

*　　*　　*

천마신교(天魔神敎).

웅장한 현판이 보는 이들을 짓누르려는 듯 무거운 기운을 물씬 풍겨 왔다.

"여기가 천마신교입니까?"

자운룡이 침을 꿀꺽 삼켰다.

백문이 불여일견이라 했던가.

말로만 듣던 것보다 훨씬 장대하고 웅장하며, 마치 하나의 거대한 성을 이루고 있는 듯한 천마신교였다.
　거대한 대문에는 두 명의 무사가 느슨히 서 있었는데, 그들의 몸에서는 자색 마기가 흘러나오고 있었다.
　그와 함께 그들의 표정에는 여유로움이 넘쳤다.
　"어떻게 오셨습니까?"
　왼쪽 무사가 정중히 물어 왔다.
　그에 천선우가 품속에서 명패를 꺼내더니 무사에게 보여 주었다.
　명패는 짙은 흑색을 띤 박쥐 모양의 조각. 어찌나 생동감이 있는지 당장에라도 날아갈 것만 같았다.
　왼쪽 무사가 고개를 숙였다.
　"어서 오십시오, 비마 부대주님."
　그사이, 오른쪽 무사가 대문을 밀어젖혔다.
　끼익.
　거대한 대문은 보기와는 달리 쉽사리 열렸다.
　그것으로 보아 무사의 내공이 얼마나 심후한지 알 수 있었다.
　비마 부대주라는 말에 독고천의 눈썹이 흔들렸다.
　비마대는 분명 정보 조직인 탓에 뛰어난 무공 실력을 지닌 자들은 드물었다.
　하지만 중요한 임무를 맡고 있기 때문에 천마신교에서

차지하는 위치는 결코 작지 않았다.

그런데 천선우는 어린 나이에도 그런 곳의 부대주가 되어 있던 것이다.

비마대가 무공 실력이 다른 무력 부대보다는 떨어지기는 하지만, 부대주라는 위치는 결코 쉽사리 얻을 수 있는 위치가 아니었다.

그것은 지난 세월 동안 천선우가 피땀 흘려 구축한 것일 테고, 총타에서 떨어져 있던 세월만큼 천선우와 독고천의 거리도 그만큼 벌어진 것이었다.

자연스럽게 걸음을 옮기던 천선우가 슬쩍 뒤를 바라보며 지나가는 투로 말했다.

"물론 예전엔 동기였지만, 지금은 상관이니 알아서 조심하게나."

그러고는 고개를 휙 돌리고는 당당히 걸어갔다.

주위를 지날 때마다 숨 막힐 듯한 마기를 뿜어 내는 자들이 천선우에게 고개를 조아리며 외쳤다.

"안녕하십니까!"

"비마 부대주님, 안녕하십니까!"

천선우는 자연스럽게 고개를 끄덕였다.

그런 뒤에야 사내들은 조심히 옆으로 비켜서서 가던 길을 갔다.

독고천은 조용히 뒤쫓으며 천선우를 살펴보았다.

그러나 천선우의 몸에는 무언가 흑막이라도 씌어 놓은 듯 아무것도 느껴지지 않았다.
 '현문(玄門)의 심법인가……'
 현문의 심법은 정진할수록 현묘한 경지에 오르기 때문에, 반박귀진(返朴歸眞)과 가까운 상태가 된다.
 즉, 본 실력이 쉽사리 드러나지 않아 무공 수위를 저절로 숨길 수 있는 것이다.
 그러니 무공이 아주 차이 나지 않는 이상 현문의 심법을 익힌 고수의 내력을 알기는 매우 어려웠다.
 마공을 익히게 되면 무공 수위에 따라서 흘러나오는 마기의 양이 달라진다.
 그렇기에 마공을 익힌 자들의 무공 수위를 판단하는 것은 매우 간단했다.
 짙은 마기를 풍기는 마인이라면 고수일 것이고, 옅은 마기를 풍기는 마인이라면 하수인 것이다.
 하지만 거기에는 한 가지 함정이 존재했다.
 진정한 고수들은 마기를 감출 수 있거나 내뿜는 양을 조절할 수 있다는 점이었다.
 마침내 익숙한 전각 앞에 다다르자 천선우가 턱짓으로 가리켰다.
 "외총관님께서 기다리고 계시다. 매우 반가워하시겠지. 그럼 난 이만."

그 말을 끝으로 천선우는 모습을 감췄다.

자운룡이 한숨을 내쉬었다.

"형님……."

독고천이 슬쩍 바라보자 자운룡이 침을 찍, 뱉었다.

"……저 사람, 정말 재수없네요."

"본 교에서는 힘만 있으면 얼마든지 재수없어도 되지."

독고천의 말에 자운룡이 혀를 내둘렀다.

"저 사람보다 재수없는 사람이 있을까요?"

독고천은 어깨를 으쓱이고는 자운룡과 함께 전각 안으로 들어섰다.

자운룡은 손님이기도 했지만, 외부인이기에 혼자 두는 것보단 나을 거라 생각하여 같이 들어선 것이었다.

전각 안에서 경비를 서고 있는 몇 명의 무사를 거치자 작은 방 하나가 나타났다.

두 사람은 호출이 있을 때까지 그곳에서 휴식을 취했다.

第四章
북해빙궁(北海氷宮)

"그게 사실인가?"

새파랗게 젊은 청년이 고개를 주억거리며 묻자 부복해 있던 청의 중년인이 고개를 조아렸다.

두 사람의 몸에서는 자색빛의 기괴한 마기가 흘러나오고 있었다.

"예, 사실입니다. 명령만 내려 주시면 그대로 실행하겠습니다."

청년이 차를 홀짝이며 조용히 눈을 감았다.

그러다 무언가 생각이 났는지 킬킬거렸다.

"아니, 생각해 보니까 별로 걱정할 거리도 아니군. 인형설삼은 본래 본 교의 것이 아니었으니 말이야. 물론 내가 취하지 못한 게 아쉽긴 하지만, 따지고 보면 본 교에 힘을 쏟을 인재가 하나 나타난 것이라 볼 수 있지 않은가. 그러니 그냥 이번 사건은 조용히 넘어가게. 독고천이라 했나?"

"예, 교주님."

그랬다. 새파랗게 젊은 청년이 바로 천마신교의 교주, 흑제 노전득이었던 것이다.

기생오라비처럼 매끄럽게 생긴 얼굴과는 달리 노전득은 잔혹한 성격의 소유자였다.

그가 강호에 처음 모습을 드러냈을 때 많은 정파인들이 그의 잔혹한 장공에 고혼(孤魂)이 되었었다.

"내버려 두게. 뭐, 강한 놈 한 명 생기면 본 교야 좋지. 이만 나가 보게, 외총관."

외총관 주용천이 고개를 조아렸다.

"존명."

* * *

방에는 작은 탁자와 의자 세 개가 마련되어 있었고, 그 중심에 앉은 청의 중년인이 차를 홀짝이고 있었다.

"오랜만이군."

외총관 주용천이 반가운 듯 미소를 짓자 독고천이 고개

를 조아렸다.

"오랜만입니다, 외총관님."

"그래그래. 그런데 이쪽은?"

주용천이 고개를 갸웃거리자 자운룡이 정중히 포권했다.

"북해빙궁의 자운룡입니다."

"자운룡이라면…… 북해빙궁의 소궁주가 아니신가?"

주용천이 의아한 듯 묻자 자운룡이 고개를 끄덕였다.

"예, 맞습니다."

그러자 주용천이 활짝 웃었다.

"하하. 이거, 북해빙궁의 고수분을 여기서 볼 줄이야. 그나저나 궁주님은 안녕하신가?"

"예, 안녕하십니다."

자운룡의 허리춤을 흘겨보던 주용천이 곧 독고천에게로 시선을 옮겼다.

"왜 이리 늦었나?"

"조금 착오가 생겼습니다."

"그래, 그 착오는 방금 비마대주로부터 들었네. 몸은 어떤가?"

주용천이 걱정스런 표정으로 묻자 독고천이 더욱 고개를 조아렸다.

"괜찮아졌습니다."

"그래, 본 교에서 뛰어난 고수를 잃을 뻔했군. 오랜만에 만나 반가웠네. 그나저나 그 물건은 맛있었나?"

주용천이 장난스럽게 묻자 독고천이 고개를 내저었다.

"어쩔 수 없이 섭취한 것뿐입니다. 죄송합니다."

"하하, 괜찮네. 만약 자네가 그 물건을 취하고도 지금과도 같은 마기를 내뿜지 못했다면 내가 친히 목을 쳤을걸세."

시원스럽게 웃고 있는 주용천이었지만, 그 와중에도 따가운 살기가 연신 몸을 찔러 왔다.

그러나 독고천은 담담히 살기를 받아 내었다.

순간, 주용천의 눈이 빛났다.

"그나저나 지금 소속이 없지, 아마?"

"예, 없습니다."

잠시 고민하는 듯 턱을 쓰다듬던 주용천이 차를 홀짝인 후 손을 내저었다.

"나중에 수하를 보내 자네가 해야 할 일을 알려 주겠네. 지금은 돌아가서 여행의 노고를 풀게나. 이만 가 보게."

"존명."

"자네도 나중에 보세나."

주용천이 미소 띤 얼굴로 말을 건네자 자운룡은 포권을 하며 고개를 끄덕였다.

"예, 나중에 뵙겠습니다."

독고천과 자운룡이 방에서 나가 혼자 남게 된 주용천은 차향(茶香)을 음미하며 고개를 흔들었다.

"이것참, 서열을 또 바꿔야겠구먼. 서열표가 어디 있더라?"

     * * *

독고천과 자운룡이 전각에 머문 지 어언 나흘이 지나갔다. 그동안 아무도 찾는 이가 없었다.

덕분에 독고천은 조용히 명상을 하거나 뒤뜰에서 검술을 수련할 수 있었다.

자운룡은 독고천의 검술 수련을 멍하니 쳐다보거나, 혼자 술잔을 기울이며 전각 근처를 구경했다.

그러던 중 자운룡은 고개를 갸웃거릴 수밖에 없었다.

분명 독고천의 검이 휘둘러질 때마다 천마신교가 자랑하는 마기가 물씬 풍겨 나왔고, 마공답게 매우 패도적이고 강대한 기운이 흘러나왔다.

하지만 무언가 미묘한 부분이 있었다.

꼭 짚어 낼 순 없었지만 말이다.

"형님."

바닥에 쭈그려 앉아 있던 자운룡이 부르자 독고천이 명

상을 하다 말고 눈을 떴다.

그러자 자운룡이 의아한 듯 물었다.

"어제 형님이 검술 수련 하실 때 얼핏 보았는데, 무언가 좀 미묘합니다."

"뭐가 미묘하지?"

"그…… 보통 마공이라는 게 패도적이고 강대한 것은 모두가 알고 있는 사실이지 않습니까? 물론 형님의 검술도 패도적이고 강대하긴 한데 무언가 현묘(玄妙)한 느낌이 든다고 해야 하나. 제가 전에 아버지와 함께 강호에 나왔을 당시, 해남검파에서 나온 고수의 검술을 본 적이 있습니다. 그런데 형님의 검술이 그것과 매우 흡사한데요."

말을 하면서도 자운룡은 연신 고개를 갸웃거렸다.

"어떻게 흡사하지?"

"어릴 때 보았던 것이라 느낌만 선명합니다. 당시 그 고수의 검은 매우 빠르고 날카로웠는데 상대가 당장에라도 벌집이 될 것만 같은 느낌이 들었지요. 그런데 그러한 느낌이 형님의 검술에서도 느껴집니다."

독고천은 호기심을 풀어 주겠다는 듯이 몸을 일으켜 천천히 검을 뽑아 들었다.

"다시 한 번 보여 주지."

스릉.

"아!"

맑은 검명에 자운룡이 저도 모르게 탄성을 내뱉었다.

그 순간, 독고천의 검이 슬쩍 기울어지더니 허공을 갈랐다. 이어 날카롭고 강대한 기운이 허공을 찢어발겼다.

파파팟!

독고천이 허공으로 뛰어오르자 짙은 푸른색의 마기가 뿜어져 나왔다.

그 상태에서 손목을 비틀자 마기가 검날 위로 스멀스멀 피어오르더니 허공에 흩뿌려졌다.

그리고 순간, 독고천의 검이 멈추는 듯하더니 엄청난 속도로 허공을 찔러 갔다.

"합!"

기합성과 함께 허공이 일그러지는 듯한 착각이 들 정도로 마기가 휘날렸다.

한참 가공할 검술을 펼치던 독고천이 천천히 검을 거두었다.

검술을 지켜본 자운룡은 고개를 끄덕였다.

"예, 착각이 아니었습니다. 정말 해남검파의 검술과 닮았습니다, 형님."

독고천은 조용히 가부좌를 틀더니 눈을 감았다. 그 모습에 자운룡은 입을 다물고는 전각 안으로 들어갔다.

'강호 물정에 어두운 사람조차 나의 검법이 해남검파의 검술이라는 것을 알아본다. 그렇다면 더욱 뛰어난 안목을 지닌 자들에게는 이것이 남해삼십육검이라는 것을 곧장 간파당하겠지. 변형을 시켰음에도 불구하고 이 정도라면 쓰지 않는 것이 낫지 않을까?'

독고천의 뇌리 속에서 수많은 검로들이 스쳐 지나갔다. 그러던 중 인기척을 느껴 슬쩍 눈을 떴다.

"대인."

웬 흑의사내가 정중히 고개를 조아리며 독고천을 불렀다. 독고천이 쳐다보자 흑의사내가 입을 열었다.

"외총관님께서 대인을 찾습니다. 북해빙궁에서 오신 손님도 함께 오라고 말씀하셨습니다."

"알았다."

흑의사내는 정중히 고개를 숙이고는 모습을 감추었다. 독고천은 조용히 흑의사내의 뒷모습을 바라보다 전각 안으로 향했다.

자운룡을 데리러 가는 것이었다.

독고천과 자운룡은 다시 주용천을 찾았다.

마침 차를 홀짝이던 주용천이 두 사람을 반갑게 맞이하며 웃어 보였다.

"오, 나흘 만인가? 잘들 지냈나? 불편하진 않았고?"

"예, 덕분에 잘 지냈습니다."

"다행이구먼. 다름이 아니라 본 교에서는 지금이 좋은

기회라 생각하고 있네. 그쪽에 있는 소궁주가 본 교를 찾아온 것은 하나의 인연이라 생각한 것이지. 본 교와 북해빙궁의 인연이 더욱 돈독해질 거라 믿고 있다네."

주용천이 씨익 웃으며 자운룡을 쳐다보았다.

"하여 우리는 독고천과 비마 부대주, 그리고 천마추살부대주(天魔追殺副隊主)를 북해빙궁에 파견하고자 하네. 소궁주의 뜻은 어떤가?"

자운룡이 고개를 갸웃거렸다.

"어떤 뜻을 말씀하시는 겁니까?"

"꺼림칙하게 생각할 수도 있겠네만, 북해빙궁의 최근 골칫거리가 무엇인지 조사해 보았네. 그리고 외부와의 결합을 통해 처리할 수 있는 문제라고 판단했네. 마침 북해빙궁에 가장 영향력을 펼칠 수 있는 소궁주께서 방문을 하였고, 본 교 입장으로도 북해빙궁과 같은 대문파와 손을 잡기를 원한다네."

"하지만 저는……."

"알고 있네. 궁주가 되기 싫어한다 것 말일세."

주용천의 말에 자운룡이 눈을 동그랗게 뜨며 놀라워했다. 그러자 주용천이 별거 아니라는 듯 손사래를 쳤다.

"그 정도는 아무것도 아니라네. 그리고 지금 북해빙궁 내에서 궁주님이 두 눈 부릅뜨고 소궁주를 기다리고 계신다 하더구먼."

주용천의 말에 자운룡은 경악했다.

"그, 그게 무슨 말씀이십니까? 아버지께서는 분명 병에……."

"북해빙궁과 접촉해 본 결과, 그것이 소궁주들의 반응을 보고자 궁주께서 일부러 병에 걸린 척 연기하셨다고 서신이 날아왔네. 달랑 빙룡검 한 자루 차고 도망가 버린 소궁주가 멋있었다며 당장 돌아오라고 하시더군. 그리고 본 교와의 인연도 긍정적으로 검토하고 계시다고 하셨네."

주용천이 피식 웃었다.

그러나 자운룡은 무릎이 절로 떨리기 시작하더니, 안색도 시퍼렇게 변하기 시작했다.

'그것이 다 소궁주들의 반응을 보기 위해 아버지께서 직접 계획한 일이었다니.'

북해빙왕(北海氷王) 자육천(紫腩仟).

그의 포악함은 북해 전역에 퍼져 있으며, 그 누구도 자육천의 심기를 거스르려 하지 않았다.

곰을 연상시키는 장대한 체구와 배꼽까지 내려오는 허연 수염, 그리고 허리춤에 항상 매달린 채 번쩍거리는 빙룡검은 북해인들에게 공포의 대상이었다.

무공을 익히지 않은 사람은 건드리지 않지만, 무공을 익힌 자들에게는 꼭 시비를 걸고 마는 괴팍한 성격 탓이었다.

"무공을 익혔다면 자신보다 강한 자에게 언제든지 죽을 준비를 해야 한다!"

이것이 바로 자육천의 지론이었다.

물론 궁주답게 북해빙궁에 속해 있는 고수들에게는 뭐라 하지 않았고, 그리하여 많은 북해무림인들은 북해빙궁에 입궁하길 원했다.

결과적으로 그 덕분에 북해빙궁은 많은 고수들을 섭외할 수 있었다.

북해빙궁의 위명도 높이고, 고수들도 얻을 수 있으니 일거양득이었다.

자운룡이 공황에 빠져 있거나 말거나 주용천은 한 장의 서신을 내밀었다.

"이것은 본 교와 북해빙궁을 이어 주는 서약서와도 같은 것이네. 궁에 도착하게 되면 이 서신을 궁주께 전해 드리도록 하게나. 자네의 손에 나의 미래가 걸려 있네."

틀린 말은 아니었다.

천마신교가 북해빙궁과 손을 잡게 된다면 새외까지 영향력이 펼쳐지는 것이니 외총관의 영향력은 상상도 못할 정도로 강대해질 것이 뻔했다.

그러니 외총관의 미래가 걸려 있다고 해도 과언이 아닌

셈이었다.

"예. 그런데 비마 부대주는 누군지 아는데 천마추살 부대주는 누굽니까? 그리고 책임자는 누굽니까?"

"천마추살 부대주는 뭐, 만나면 누군지 알게 될 것이고, 이번 일의 책임자는 당연히 자네일세."

"네?"

주용천이 당연하다는 듯 말하자 독고천은 의아해하며 되물었다. 그러자 주용천이 차를 홀짝이며 말했다.

"자네의 서열이 가장 높으니 책임자가 되어야지."

"그게 무슨 소리입니까, 외총관님?"

"자네의 서열이 가장 높으니까 책임자가 되어야 한다는 말일세."

주용천이 답답한지 눈썹을 찡그렸다.

그러자 독고천이 탁자 위에 놓여 있던 서류를 훑어보았다.

본래 외총관의 탁자에는 천마신교 서열 삼백 위까지의 서열이 나열되어 있었다.

추가 혹은 수정은 모두 외총관이 하는 업무였으며, 삼백 위 밖의 자들은 다른 이들이 맡아서 하곤 했다.

기본적으로 한 조직의 부대주를 맡을 정도라면 기본 서열 삼백 위 안에 들어간다고 봐야 했다.

거기다가 천마추살대라면 손꼽히는 무력 부대가 아니던가.

무력 부대에서 부대주를 할 정도라면 뛰어난 무공을 자

랑해야만 했던 것이다.

그런데 서류에서는 천마추살 부대주의 서열이 이백십이 위였고, 독고천이 백오십칠 위였다.

독고천이 서열을 읽어 내려가다가 천마추살 부대주의 이름을 읽고는 눈을 빛냈다.

장소연.

악마대에 속했을 당시 동기의 이름이었다.

커다란 도를 끙끙거리며 매달고 다니던 소녀가 바로 장소연이었다.

서류를 살피던 독고천의 모습에 주용천이 무언가 생각났다는 듯 품에서 무언가를 꺼냈다.

그것은 원 모양의 명패였는데, 검은 빛깔을 띠고 있었다. 그러나 빛에 비치자 연신 번쩍거리는 것으로 보아 평범한 명패가 아니었다.

주용천이 명패를 독고천에게 건네주었다.

"명패일세."

천마신교에서는 명패로 신분을 확인했다. 교주의 명패는 흑룡 모양의 명패였으며, 부교주는 혈룡 모양의 명패였다.

그리고 각자 서열마다 명패의 모습이 달랐으며, 독고천

이 받은 검은색 명패는 백위권의 고수들에게 주어지는 명패였다.

예전 총다에 있을 때 명패조차 받지 못했던 것을 생각하면 엄청난 승진이었다.

"감사히 받겠습니다."

독고천이 명패를 품 안에 갈무리했다.

품 안이 묵직해지자 독고천이 자신의 가슴팍을 슬쩍 쓸어내렸다.

검은 명패, 즉 흑패(黑牌)가 가슴을 짓눌러 왔다.

"그럼 한시가 급하니 나가 보게. 내일 떠나든 오늘 떠나든 자네 마음이지만……."

주용천이 차를 홀짝이며 독고천을 지그시 바라보았다.

그에 독고천이 고개를 조아렸다.

"당장 출발하겠습니다."

주용천이 활짝 웃었다.

"오, 역시 훌륭하구먼. 그럼 서둘러 갔다 오게."

"존명."

* * *

"아니, 그래서 어떻게 된 건가?"

"어떻게 되긴. 곧바로 내가 무릎을 들어 가지고 비룡각

(飛龍脚)을 날려서 턱주가리를 날려 버렸지. 하하하!"
 흑의거한이 호탕하게 웃어젖혔다.
 그러자 건너편에 앉아 있던 청의 중년인이 잔을 건넸다.
 흑의거한이 잔을 받자 청의 중년인이 술을 한가득 따라주며 흥미로운 표정을 지었다.
 "계속 얘기해 보게."
 "아니, 그래서 그 마교(痲敎) 놈이 벌벌 떨더니 잘못했다고, 제발 용서해 달라고 그러더만. 하하하! 마교 놈들도 별거 아니란 말이지."
 마교(痲敎)란 천마신교를 낮잡아 칭하는 말이었다.
 정파의 무리들은 천마신교를 경시하기 위해 마교라는 말로 그들을 표현했다.
 몸에서 흘러나오는 자색 마기를 홍역과도 같은 전염병이라 칭하고, 마(痲)에 걸린 이들이 모인 집단이라고 비웃으며 천마신교를 경시하는 말이었다.
 마인들의 몸에서 흘러나오는 마기는 매우 괴기스러웠기에 그렇게라도 경시하여 두려움을 없애려 하는 것인지도 몰랐다.
 호탕하게 외친 흑의거한이 잔을 들이마셨다.
 "크으, 난 마교 놈들이 어슬렁거리는 것을 보면 피가 거꾸로 솟는다니까. 의와 협을 지닌 자라면 당연히 마교 놈들의 주둥아리를 뽑는 것이……."

끼익.

그 순간, 객잔 문이 열렸다.

동시에 청의사내가 객잔 안으로 들어섰다.

얄팍한 검을 허리춤에 찬 것으로 보아 무림인인 것이 분명했는데, 벌레라도 씹은 듯 표정이 좋지 않았다.

그 뒤로 홍의여인이 들어왔다.

홍의여인은 탄탄한 몸매를 지니고 있었는데, 전혀 어울리지 않는 거대한 도를 등에 짊어지고 있었다. 그리고 그녀의 몸에서는 자색 마기가 흘러나오고 있었다.

그 뒤로 다시 비싸 보이는 장검을 허리춤에 맨 인상 좋은 백의사내가 들어섰다.

"오, 저 여인이 보이는가?"

청의 중년인의 말에 대꾸도 하지 않은 채 흑의거한은 멍하니 홍의여인을 바라보았다.

"내 살다 살다 저런 미인은 처음 보는군."

흑의거한이 침을 삼키며 벌떡 일어섰다.

짊어지고 있는 거대한 도가 마음에 걸리긴 했지만, 그래도 그 정도는 그냥 넘어갈 수 있을 정도로 여인의 얼굴은 가히 아름다웠다.

그의 눈에는 여인의 아리따운 얼굴만 보일 뿐, 그녀의 몸에서 흘러나오는 괴기스런 자색의 마기는 전혀 알아차리지 못했다.

흑의거한, 이제추(李霽推)는 감숙(甘肅)에서 나름 이름이 알려진 검법의 고수였다.

감숙은 구파일방 중 한자리를 꿰차고 있는 공동파(崆峒派)의 세력권이었다.

공동파는 명문정파 중 하나였으며, 검으로 유명한 문파였다.

특히나 복마검(伏魔劍)은 사도 무리를 처단하는 검인 동시에 공동파의 신물로 유명했다.

그들은 협객을 자처했으며, 사도 무리들의 악행을 절대로 그냥 넘어가지 않는 명문정파였다.

이제추는 그러한 공동파의 속가제자였다.

보통 도가 혹은 불가 쪽 문파들은 도사나 승려들이 본산제자였다.

그러나 본산제자만으로는 도저히 거대한 문파의 재정이 감당되지 않았다.

그 누가 도를 닦아야 하는 도사나 머리를 밀고 절에 들어가서 살아야 하는 승려가 되려 하겠는가.

그리하여 재정 위기를 타파하기 위해 문파 밖으로부터 뛰어난 인재들을 제자로 받아들이기 시작했는데, 그 제자들을 일컬어 속가제자(俗家弟子)라 불렀다.

물론 속가제자들이 문파의 중요한 절기나 무공을 익힐 가능성은 거의 전무했다.

하지만 구파일방이라는 거대한 문파의 속가제자로 들어갈 수만 있다면 절기를 익히지 않은들 어떠한가.

구파일방이라는 이름값 하나만으로도 많은 사람들이 존경 어린 시선을 보내오기 때문이다.

그런 자신감으로 이제추는 홍의여인에게 성큼성큼 다가갔다.

그리고 그는 그제야 느꼈다.

그녀의 몸에서 흘러나오는 자색 마기를 말이다.

그리고 그 마기는 이제추의 몸을 휘감을 정도로 강대한 기운을 자랑했다.

이제추의 몸이 짓눌렸다.

'크윽, 마, 마교 놈들이었다니.'

그는 천마신교의 마인들을 매우 증오했다.

평상시 천마신교의 마인들을 보기만 하면 잡아다 족쳤는데, 오늘은 영 느낌이 좋지 않았다.

감숙에도 천마신교의 분타가 위치해 있었는데, 그들의 무공 수위는 아무래도 질이 낮았다.

그러니 이제추가 마인들을 쉽사리 족칠 수 있었던 것이었다.

하지만 지금 이제추의 눈동자는 사정없이 흔들렸다.

홍의여인에게서 흘러나오는 마기를 보아 자신이 감당할 수 없는 고수로 보였기 때문이다.

'고, 고수!'

그러나 제자리로 돌아가기에는 늦고 말았다.

홍의여인과 눈이 마주쳤다.

"뭐죠?"

홍의여인의 날카로운 음성에 이제추는 흔들리는 마음을 가다듬었다.

'어차피 마교 놈들이다. 의와 협을 지닌 협객으로서 쉽사리 보낼 수는 없지.'

이제 이제추의 눈동자에는 아름다운 여인이 얼굴이 아닌, 마기를 흘리는 마인만이 보이기 시작했다.

'한결 낫군.'

"네 이놈들! 여기가 어디인 줄 알고 함부로 들어온 것이냐! 이곳이 공동파의 구역이라는 것을 모른단 말이냐!"

이제추가 목청껏 외치자 객잔 내 사람들의 시선이 집중되었다.

그리고 그 외침의 주인공이 이제추라는 것을 알게 되자 사람들이 환호성을 질렀다.

"비검쾌웅(飛劍儈熊) 이제추다!"

"그 명성 자자한 감숙의 협객이구나!"

세인들의 환호성에 이제추의 떨리던 손에 힘이 들어가기 시작했다.

"어허, 난 공동파의 속가제자 이제추라 한다. 많은 마교 놈들이 내 검 아래 혼쭐이 났지. 네놈들도 혼쭐이 나 볼 테냐, 아니면 닥치고 나갈 테냐!"

그러나 홍의여인과 백의사내, 그리고 청의사내 그 누구도 이제추의 말에 반응하지 않았다.

홍의여인이 조용히 이제추를 쳐다보다가 슬쩍 뒤로 고개를 돌리며 물었다.

"대인, 어찌할까요?"

그러자 객잔 안으로 또 다른 사내가 들어섰다.

흑의를 말끔히 차려입은 그의 허리춤에는 고색창연한 검집이 매달려 있었다.

사내답게 짙은 눈썹을 지닌 그의 인상은 날카롭기 그지없었다.

의외로 흑의사내의 몸에서는 자색 빛이 아닌 푸른 마기가 넘실거리고 있었는데, 주위에서 어슬렁거리던 점소이가 순식간에 정신을 잃고 쓰러졌다.

"이, 이보게."

옆에 있던 손님이 점소이를 부축하려 앞으로 나서자마자 정신을 잃었다.

철푸덕.

그것을 시작으로 흑의사내 주위에 있던 사람들이 하나둘 정신을 잃기 시작했다.

그 모습에 객잔 내의 모든 사람들이 꿀꺽 침을 삼켰다.

감숙은 아무래도 공동파의 구역이다 보니 마공을 제대로 익힌 마인을 보기 드물었다.

그 어떤 마인이 마기를 풀풀 풍기며 명문정파의 구역을 돌아다니고 싶어 하겠는가.

그런데 지금, 진정 고수라 할 수 있는 마인이 감숙에 모습을 드러낸 것이었다.

흑의사내가 조용히 이제추를 쳐다보았다.

이제추의 다리는 바람에 휘날리는 사시나무처럼 정신없이 떨리고 있었다.

흑의사내가 지그시 입을 열었다.

"지금 내게 시비를 거는 건가?"

"그, 그건 아니지만, 의와 협을 지닌 협객으로서……."

"죽기 싫으면 꺼져라."

순간, 흑의사내의 몸에서 엄청난 살기가 쏟아져 나오자 이제추가 힘없이 자리에 주저앉았다.

이미 이제추는 거품을 풀고 정신을 잃은 상태였다.

감숙의 떠오르는 협객의 굴욕적인 모습에 객잔 내의 사람들 모두가 숨을 죽였다.

그런 그들의 머릿속에 스쳐 가는 문장이 하나 있었다.

최강 단일 세력. 사파들의 지존. 그리고 마인들의 정점.

천마신교!

새삼 천마신교의 저력을 느끼는 순간이었다.

흑의사내가 자리에 앉자 나머지 세 명도 따라 앉았다.

그것으로 보아 흑의사내가 우두머리라는 것을 알 수 있었다. 점소이들은 주문을 받아야 했지만, 흑의사내의 근처만 가도 정신을 잃는 통에 아무도 가까이 다가가지 못했다.

하지만 저러한 고수들의 주문을 받지 않으면 어떤 경을 칠지 몰라 안절부절못하는 중이었다.

그때, 인상 좋은 백의사내가 큰 소리로 외쳤다.

"여기 소면 네 개와 간단한 소채, 그리고 만두 두 접시를 가져다주게나."

"예? 예, 손님!"

점소이들이 급히 주방으로 들어갔다.

한편, 객잔 안은 너무나도 고요했다.

모두들 숨죽인 채 음식이 코로 들어가는지 입으로 들어가는지도 모를 지경이었고, 객잔 밖으로 도망쳐 버린 사람들도 부지기수였다.

잠시 후, 음식이 나오자 백의사내가 손수 음식을 날랐다.

그 모습에 흑의사내가 무심히 입을 열었다.

"소궁주께서는 본 교와 북해빙궁의 동맹에 도움을 주시려는 분인데 직접 움직이시는 것이 말이 되나."

순간, 백의사내, 자운룡이 당황해하며 손사래를 쳤다.
"아, 아닙니다. 제가 해도……."
"죄송합니다, 소궁주님."
청의사내가 자운룡에게 고개를 조아리며 벌떡 일어서더니 음식을 직접 날랐다.
그 모습에 홍의여인, 장소연이 피식 웃었다.
"사내놈이 눈치껏 알아서 해야지."
순간, 청의사내, 천선우의 이마에 퍼렇게 서 있던 핏줄이 움찔거렸다.
비마대(飛魔隊)는 내총관 직속의 단체로, 무시하지 못할 정보 조직이었다.
그리고 비마대의 부대주라면 총타 어디에 내놓아도 대접을 받을 만한 위치였다.
그러나 사대무력부대 중 하나인 천마추살대의 부대주인 장소연과, 그보다 서열이 높은 독고천과 일행을 이루니 그저 알아서 길 수밖에 없는 신세가 되어 버린 것이다.
천선우는 심호흡을 하며 접시를 날랐다.
자운룡은 그 모습에 쓴웃음을 지었다.
'역시 천마신교는 힘에 의해 모든 것이 좌지우지된다더니, 사실이었군.'
그사이 흑의사내, 독고천이 조용히 소채를 집어먹었다.
"괜찮군."

"만두도 맛있습니다, 형님."

자운룡의 말에 독고천이 만두를 집어 입에 넣었다.

만두를 우물거리던 독고천이 고개를 끄덕였다.

"감숙의 만두가 맛있다고 하더니, 사실이었군."

감숙의 거의 모든 땅은 사막지대를 이루고 있지만, 무역 통로에 맞닿은 도시가 많았기에 시장통이 잘 발달되어 있었다.

아무래도 상인들은 시간이 생명이기 때문에 많은 시간을 식사에 투자할 수 없기 때문이다.

그러다 보니 가격도 부담스럽지 않고 포만감도 충분히 채워 주는 만두 종류의 요리들이 발달하게 되었고, 맛있는 만두는 감숙의 자랑거리였다.

천선우는 인상을 찌푸린 채 만두를 퍽퍽, 헤집어놓고 있었다.

소면도 아그작거리며 얼음을 깨먹듯 씹어 먹었다.

그 모습에 소채를 우물거리던 장소연이 혀를 찼다.

"허참, 도가의 심법을 익혔다는 사내놈이 이렇게 쪼잔해서야."

순간, 천선우가 울컥하며 장소연을 쳐다보았다.

하지만 장소연이 지그시 바라보자 결국 천선우는 고개를 푹 숙이며 만두를 집어 들었다.

그러자 장소연이 피식거렸다.

"비마 부대주."

천선우가 고개를 조아렸다.

"예."

"아직도 착각하고 있나 본데, 악마대에 차출되었을 때 우리가 동기였던 것은 맞아. 대인도 그렇고. 하지만 언제까지 거기에 얽매일 생각이지? 비마 부대주와 나는 소궁주님과 대인을 보좌하기 위해 파견된 것이야. 잊지 말도록."

장소연의 포악스런 표정에 자운룡이 속으로 혀를 찼다.

'천마신교의 인물들은 여인이고 사내고 다를 거 없이 다들 한성깔 하는구나.'

그때, 독고천이 식사를 끝냈는지 차를 음미했.

잠시 차를 홀짝이던 독고천이 입을 열었다.

"천마추살 부대주."

"예, 대인."

"백 장 밖에 있는 녀석들은 자네 수하인가?"

독고천의 말에 장소연이 살짝 놀랐다는 듯 눈을 흘겼다.

"예, 맞습니다. 외총관님께서 천마추살대원 몇 명을 뽑아 보내 주셨습니다."

"굳이 저렇게 많이 필요한가? 다들 돌려보내게."

"예, 알겠습니다."

장소연은 젓가락을 탁자에 올려놓고는 잠시 객잔 밖으로 나갔다 돌아왔다.

 그 모습에 자운룡이 속으로 탄성을 내뱉었다.

 사실 북해빙궁이나 다른 문파들의 경우, 아무리 서열이 높거나 사제지간이라 할지라도 무언가를 시키면 이유라도 물어보는 것이 당연했다.

 그러나 천마추살대의 부대주라는 사람이 아무 질문도 없이 명령에 따른 것이었다.

 그런 점이 바로 천마신교의 무서운 점 중 하나였다.

 강자지존(強者至尊)이라는 율법이 천마신교를 지탱하는 큰 기둥 중 하나인 것이다.

 "사라지는 것도 빠르군. 역시 천마추살대야."

 독고천이 만족한 듯 고개를 주억거리자 장소연이 가볍게 웃었다.

 "만날 구석에 처박혀 칼만 갈고 있다가 오랜만에 세상에 나오니 즐거웠나 봅니다."

 천마신교 사대무력무대니 뭐니 해도 결국 무언가 일이 있어야만이 나설 수 있었다.

 하지만 현 강호무림은 평화의 시대이니, 그들이 모습을 드러낼 일은 극히 드물었다.

 그러니 오랜만에 나온 세상이기에 매우 즐거웠을 것이다.

 "그렇다면 내가 그들의 즐거움을 빼앗은 셈이군."

독고천이 차를 홀짝이며 씨익 웃었다. 그러더니 동전 몇 냥을 탁자에 올려놓고는 몸을 일으켰다.
 천마신교의 인물들은 아무래도 검소한 삶이 몸에 배인 편이었다.
 서열이 높아질수록 호화로운 삶을 즐기는 고수들도 많지만, 아무래도 무공에 미친 자들이 많다 보니 검소한 생활을 즐기는 자들이 훨씬 많았다.
 자연 그들의 수중에는 돈이 많질 않았다.
 파견을 내보내면서 책임자인 독고천에게 돈을 주었기 때문에 다른 이들의 수중에는 땡전 한 푼도 없던 것이다.
 독고천이 탁자에 기대어 놓았던 검집을 허리춤에 차며 말을 꺼냈다.
 "출발하도록 하지."
 "존명."

* * *

 엄동설한이었다.
 한 치 앞도 안 보일 정도로 쏟아져 내리는 눈이 시야를 가렸고, 끝이 보이지 않는 설산(雪山)들이 저 멀리 보였다.
 온통 새하얀 세상이었다.

그리고 저 멀리 새하얀 설산의 중심에 한 채의 웅장한 전각이 세워져 있었다.

마치 궁전과도 같이 거대한 규모에 절로 위압감이 흘러넘쳤다.

바로 북해빙궁(北海氷宮)이었다.

"다 왔습니다, 형님."

자운룡이 씨익 웃어 보였다.

말하는 그의 입에서는 허연 입김이 흘러나왔고, 그의 눈썹에서 얼음들이 떨어져 내렸다.

뒤에서 걸어오던 독고천이 손으로 의복을 툭, 쳤다.

그러자 의복에 쌓여 있던 눈들이 우수수 떨어져 내렸다.

검집에 쌓인 눈마저 털어 낸 독고천이 고개를 끄덕였다.

"들어가자."

"운룡이 왔느냐?"

단상 위에서 거대한 풍채의 노인이 씨익 웃었다. 그의 하얀 수염은 배꼽까지 내려올 정도로 길었다.

풍채는 곰처럼 매우 거대하고 당당했으며, 입가에는 미소가 머금어져 있었다.

노인은 바로 북해빙궁의 궁주, 북해빙왕 자육천이었다.

자육천의 말에 자운룡의 표정이 굳었다.

"아버님, 도착했습니다."

"허허, 네놈이 가출해 준 덕분에 천마신교와 인연을 맺을 수 있게 되었구나. 아주 잘 가출했다. 하지만 공은 공이고, 사는 사. 네 방에서 기다리고 있어라. 너도 알다시피 강호의 은원은 끝을 맺어야지?"

자육천의 눈이 날카롭게 빛났다. 그에 자운룡이 고개를 푹 숙인 채 독고천에게 인사를 한 후 모습을 감췄다.

그 모습을 보던 자육천이 독고천에게 시선을 돌렸다.

"허허, 천마신교의 고수분을 만나게 되어 반갑네."

"천마신교의 독고천입니다. 북해빙궁의 궁주님을 뵙게 되어 영광입니다."

독고천의 정중한 태도에 자육천이 만족한 듯 씨익 웃으며 단상에서 일어섰다.

"왼쪽은 비마대의 부대주, 천선우입니다. 오른쪽은 천마추살대의 부대주, 장소연입니다."

독고천이 양쪽을 가리키며 소개하자 자육천이 고개를 까닥였다.

두 사람에 대해서는 신경도 쓰지 않는 눈치였다.

그 모습으로 보아 소문이 사실이었다.

자육천은 무공을 익힌 무림인 중에서 자신의 눈에 차지 않는 이는 철저히 무시했다.

그리고 마음에 드는 무림인들에게는 꼭 비무를 청하곤 했다.

그것이 현재의 자육천을 만든 하나의 방법이었다.

끊임없이 무공에 대해 고민하고 얻으려는 그의 열정은 수많은 소궁주들을 제치고 북해빙궁의 궁주라는 자리로 올려 주었다.

한데 장소연은 무력 부대의 부대주라는 직책을 가졌음에도 불구하고 자육천의 눈에 차지도 않은 것이었다.

자육천이 활짝 웃었다.

"독고 대협을 만나게 되어 반갑네. 우리, 무공에 대한 얘기 좀 하겠나?"

"저야 영광입니다."

자육천과 독고천이 희희낙락하며 모습을 감추자 덩그러니 남겨진 장소연과 천선우가 서로를 쳐다보았다.

겸연쩍어진 장소연이 표독스런 표정을 지었다.

"뭘 보나?"

"아닙니다."

얼마 지나지 않아 북해빙궁의 사람들이 찾아와 그들을 방으로 안내했다.

방에 들어간 장소연은 조용히 거대한 도를 손질했고, 천선우는 침대에 누워 자신의 신세를 한탄했다.

'꼬이는구나, 꼬여.'

第五章
강호은원(江湖恩怨)

자육천이 술잔을 들었다.
그러자 독고천이 술병을 들어 잔을 채웠다.
쪼르르.
맑은 소리와 함께 맑은 색의 술이 금세 채워졌다.
자육천이 잔을 들이켰다.
"크으."
한차례 탄성을 터뜨린 자육천이 술병을 들어 독고천의 술잔에 술을 채워 주었다.
독고천 역시 시원스럽게 술을 들이켰다.
"좋은 술입니다. 뭡니까?"
"허허, 술맛을 아는군. 사실 내가 직접 담근 술일세.

아무래도 북해는 춥다 보니까 술을 담그기에는 최적의 장소지. 차디찬 냉기가 술맛을 돋는다고 해야 하나?"

자육천이 신난 듯 떠들어대자 독고천이 고개를 주억거렸다.

그러자 자육천이 갑자기 손을 흔들었다.

"여기, 그거 좀 가져오너라."

"예, 궁주님."

잠시 후, 백의사내가 자그마한 술병을 하나 가져왔다.

그것을 보자 자육천의 얼굴이 더욱 상기되었다.

"이것은 내가 젊었을 때부터 담가 온 술이라네. 원래 술에 관심이 많아서 이것저것 만들어 봤는데, 역시 고향의 술이 최고더군. 한 번 마셔 보게."

자육천이 조심스럽게 술병을 따라 주자 독고천이 시원스럽게 술잔을 들이켰다.

청명하고도 맑은 맛에 독고천의 눈이 빛났다.

"정말 좋은 술입니다. 청명하면서도 쓰지 않고, 또 달지도 않으며 맑은 향기에 정신도 맑아지는 것 같습니다. 어떤 재료로 만든 겁니까?"

"역시 자네라면 이 술맛을 정확히 알 줄 알았네. 청웅주(靑熊酒)라네."

"곰으로 만든 술이란 말씀이십니까?"

"그렇다네. 내가 젊었을 당시에 곰을 만난 적이 있었

지. 뭐, 곰이야 북해에서 흔한 동물이지만, 무려 푸른빛을 띠고 있던 놈이었다네. 그래서 청웅이라 하지. 본래 청웅은 매우 드물게 나타나 가히 전설이라 할 정도로 본 사람이 거의 전무할 정도였지. 하지만 우연찮게 인연이 닿았고 술을 담갔지."

독고천이 술잔을 자세히 훑어보자 약간 푸른빛의 물결 치는 것 같기도 했다.

"그렇다면 영물 아닙니까?"

"그렇지, 거의 영물이 맞네. 내가 담근 청웅주를 마신 사람은 자네를 포함해서 세 명뿐이네. 내가 정말 마음에 드는 사람에게만 주는 술이거든."

"실례가 되지 않는다면 나머지 두 명이 누군지 알 수 있겠습니까?"

"곽철당(藿哲棠) 선배와 마동진(摩棟進)이란 놈이지."

독고천이 고개를 갸웃거렸다.

"강호 경험이 부족하여 누군지 모르겠습니다. 강호의 인물입니까?"

자육천이 고개를 주억거렸다.

"명호로 말하면 어느 정도 알 걸세. 곽철당 선배의 명호는 혈마(血魔)였다네. 선배의 성품에 전혀 어울리지 않는 명호였지. 물론 선배가 싸움을 즐겨 하기는 했지만, 단순한 무공광이 아니었지. 선배는 무예(武藝)를 했다네.

물론 그 과정에서 많은 자들이 선배의 마공에 죽어 나갔고, 결국 혈마라는 공포스러운 명호를 얻게 되었지."

자육천이 술잔을 들이켜며 소채를 집어 먹었다.

잠시 우물거리던 자육천이 말을 이어 나갔다.

"하긴 선배가 좋은 사람은 아니었지. 따져 보면 확실히 나쁜 놈들에 속해 있긴 했지. 하하하!"

자육천이 호탕하게 웃어젖혔다.

"선배가 천마신교를 이끌고 있을 당시부터 호감이 있었지만, 그 사건 이후로는 천마신교에 이를 갈게 되었다네. 하지만 자네를 보니 그런 마음조차 훌훌 날아가는구먼."

혈마라는 단어를 들은 독고천의 눈이 빛났다.

"그 사건이란 건 무엇을 말씀이십니까?"

"선배가 천마신교의 부교주에서 축출당한 사건 말일세."

"혈마라는 분이 천마신교의 부교주였습니까?"

"그랬지. 내가 아주 어렸을 때였는데, 그때 선배는 천마신교의 부교주를 맡고 있었네. 강자지존이 율법인 천마신교이기에 언제든지 교주의 자리를 차지할 수 있었지만, 그분은 그럴 마음이 없었지."

자육천은 추억 어린 얼굴로 이야기를 이어 나갔다.

"전 교주는 혈마 선배를 두려워했어. 마인들의 대다수가 혈마 선배를 존경했거든. 하여 자신의 자리를 확고히

하고 싶었겠지. 그래서 전 교주는 자신들의 추종자들을 이용하여 음모를 꾸며 혈마 선배를 축출했지."

조용히 과거를 곱씹던 자욱천.

그 모습을 바라보던 독고천이 고기 몇 점을 집어 먹었다.

"그럼 또 다른 한 사람은 누굽니까?"

"아, 마동진 말인가? 그놈은 아마 자네 또래일 걸세. 두 번째 자식 놈의 친우랍시고 빙궁에 놀러 왔는데, 무공의 성취가 매우 뛰어났지. 지금은 강호에서 쾌잔낭왕(快殘浪王)이라 불리고 있다더군. 원래 소속 없이 낭인으로 떠도는 놈이었는데 무공 성취는 매우 뛰어나서 이 문파 저 문파 가릴 거 없이 데려가려 하더군."

강호에는 낭인(浪人)이란 족속들이 있었다.

어떠한 문파에도 소속되지 않은 채 떠돌아다니는 무림인들을 낭인이라 칭했다.

문파가 멸문당한 후 홀로 살아남아 돌아다니는 이들, 거취를 마련하지 못하여 자신의 칼로 하루 벌어 하루 먹고사는 이들을 비롯해, 낭인들에게는 많은 사연들이 있었다.

그리고 그중 근래 들어 가장 돋보이는 낭인이 있었으니, 그의 이름이 바로 쾌잔낭왕 마동진이었다.

그의 주먹이 허공을 가르면 바위가 박살 나고, 그의 칼이 허공을 꿰뚫으면 호수를 가른다 했다.

그만큼 낭인들의 왕으로 추대받고 있는 신진 고수였으며, 그를 데려가기 위해 많은 문파들이 실랑이 중이었다.

"누군지는 모르지만, 무척 대단한가 봅니다. 낭인에게 왕(王)이란 명호를 붙여 줄 정도라면 말입니다."

아무래도 세인들이 붙여 주는 명호에는 주관적 견해가 들어갈 수밖에 없었다.

정파의 고수들을 강호팔대고수라 칭하고, 사파의 고수들을 절대오마라 칭한 것을 보면, 사파를 깎아내리려는 세인들의 마음을 볼 수 있었다.

그러한 선입견에도 불구하고 낭인으로서 왕이라는 명호를 얻을 정도면 정말 대단한 고수라 볼 수 있었다.

"그렇지. 오 년 전에 보았을 때만 해도 자네랑 비슷했는데, 지금은 아마 강호팔대고수들하고 붙어도 이백 초 이내로는 패하지 않을 거라 장담한다네."

"오 년 만에 말씀이십니까?"

독고천이 강호의 견식이 부족하긴 하지만, 강호팔대고수가 주는 무게감은 총타에 틀어박혀 있던 그도 귀가 닳도록 들을 정도였다.

"나도 그것이 의문이긴 하네. 아마 기연을 얻었거나 뛰어난 스승을 만난 거겠지."

자육천이 고기를 우물거리며 고개를 주억거렸다.

한데 음식을 삼킨 자육천이 갑자기 벌떡 일어서더니 주섬주섬 옷을 입었다.

"어디 가십니까?"

독고천의 물음에 자육천이 씨익 웃었다.

"술, 맛있지 않았나?"

"예, 맛있었습니다."

독고천의 대답에 자육천의 미소가 더욱 짙어졌다.

"그럼 술값을 내야지?"

* * *

독고천이 검을 찔러 갔다.

자육천이 가볍게 장풍을 날리며 대꾸했다.

콰앙!

굉음과 함께 연기가 피어오르더니, 독고천이 옆으로 몸을 날렸다.

자육천이 곧바로 장풍을 날렸다.

시퍼런 장풍이 독고천의 옆구리를 노려 갔다.

그에 독고천은 가볍게 검으로 허공을 갈랐다.

날아오던 장풍이 허공에 흩날리자 자육천이 신음을 터뜨렸다.

"수비가 매우 강하군. 어디, 이것도 막을 수 있나 보자!"

갑자기 자육천의 의복이 펄럭이더니, 엄청난 기운이 폭사되었다. 그리고 그의 손에서 푸른빛이 번쩍거리기 시작했다.

 북해빙궁의 신공, 빙룡신장(氷龍神掌)이었다.

 본래 북해빙궁에는 검을 쓰는 고수들이 많긴 하지만, 전통적으로 장법이 많았다.

 또한 한기를 자유자재로 부릴 수 있는 심법이 있다 보니, 쏘아 내는 장풍들마다 한기를 품고 있었다.

 가뜩이나 막기가 까다로운 장풍인데, 거기다 한기까지 머금고 있으니 그야말로 금상첨화였다.

 심상치 않은 기운에 독고천이 검을 살짝 옆으로 기울였다. 그 순간, 자육천의 수염이 펄럭이기 시작했다.

 "팔성의 빙룡신장일세. 위험하진 않으나 맞으면 골로 갈 걸세. 알아서 피하게나."

 자육천이 손을 쭈욱 내뻗자 지독한 한기와 함께 푸른 장풍이 독고천을 향해 쏘아져 나갔다.

 휘융.

 순간, 장풍이 터져 나갔다.

 독고천이 고개를 갸웃거렸다.

 분명 장풍이 무서운 속도로 날아오고 있었는데, 검에 닿기도 전에 증발해 버린 것이었다.

 그 모습에 자육천이 경악했다.

"자, 자네……."

자육천이 혹시나 하는 표정으로 조심스럽게 물었다.

"……설마 영약을 복용한 적이 있나?"

대답을 고심하던 독고천이 작게 고개를 끄덕였다.

"예, 복용한 적이 있습니다."

"설마 그것이 한기를 품고 있는 영약이었나?"

"예, 맞습니다."

"……설마 인형설삼은 아니겠지?"

자육천의 목소리가 떨렸다. 질문이었지만 거의 확신이 가득 찬 질문이었다.

"인형설삼이 맞습니다."

순간, 자육천의 인상이 굳어졌다.

미소 짓던 입가에는 차가운 냉기만이 돌았다. 자육천의 얼굴이 붉어지며 숨소리가 거칠어졌다.

"오늘의 비무는 즐거웠네. 그럼."

자육천이 모습을 감추자 홀로 남겨진 독고천이 설산을 지그시 바라보다가 고개를 주억거렸다.

'인형설삼이 본래는 북해빙궁의 것이었나 보군.'

고개를 주억거리던 독고천의 신형이 한순간 쏘아져 나갔다.

숙소에 도착한 독고천은 장소연과 천선우를 찾았다.

갑작스런 독고천의 호출에 둘 다 당황한 듯 보였다.
"대인, 무슨 일이십니까?"
"오해가 생길 우려가 있으니 이렇게……."
똑똑.
그때, 두드리는 소리와 동시에 숙소의 문이 벌컥 열렸다.

그와 함께 북해빙궁의 무사들이 숙소 안으로 들어섰다. 무례한 모습에 장소연이 울컥하며 나서려 했지만 독고천이 제지했다.

"무슨 일인데 이렇게 무례하게 들어온 것이오?"

물음에도 불구하고 북해빙궁의 무사들이 말없이 독고천 일행을 둘러쌌다.

"죄송합니다, 독고 대협. 어쩔 수 없었습니다."

무사들의 우두머리가 미안하다는 표정으로 말을 해 오자 독고천이 고개를 주억거렸다.

"뭔가 오해가 있나 본데, 우선 대화로 풀어 보는 것이 낫겠소."

"우선 함께 가시지요."

북해빙궁 무사들의 눈이 번뜩였다. 그 모습에 독고천은 장소연과 천선우를 슬쩍 바라보았다.

도주는 가능했다.

하지만 이대로 도주해 버린다면 북해빙궁과 천마신교의

관계는 돌이킬 수 없을 것이고, 북해 같은 곳에서 길이라도 잃어버린다면 동사할 확률이 높았다.

더군다나 북해빙궁 무사들의 무공이 예상외로 강하여 무사히 도주할 수 있다는 보장도 없었다.

"이 두 사람은 아무 관계가 없으니, 본 교의 총타로 돌려보내겠소."

독고천의 말에 우두머리가 잠시 생각하는 듯하더니 고개를 내저었다.

"아직은 안 됩니다. 따라오시죠."

결국 독고천 일행은 북해빙궁 무사들에 둘러싸여 전각으로 향했다.

전각 안에는 자육천과 백의를 깔끔하게 차려입은 노인이 서 있었다.

몸집은 왜소했지만 풍겨 나오는 기세는 고수라 불리기에 부족함이 없었다.

백의 노인이 다짜고짜 물어왔다.

"자네가 독고천인가?"

"맞소."

"네가 인형설삼을 취했다고 들었다."

"그것도 맞소."

"인형설삼이 북해빙궁의 것이었다는 것을 알았더냐?"

독고천이 고개를 내저었다.

"설사 알았다 할지라도 취할 수밖에 없던, 목숨이 위험했던 순간이었소."

"두 가지 방법이 있다. 하나는 네 단전에서 인형설삼의 기운을 통째로 빼내는 것이고, 다른 하나는 네 혈맥에서 인형설삼의 기운을 천천히 빼내는 것이다."

"설명해 줄 수 있겠소?"

"첫째는 오늘 하루 안에 가능하지만, 네가 무공을 잃는다. 두 번째는 무공을 잃지 않지만 일 년이란 시간이 걸린다. 넌 일 년 동안 이곳에 머물러야 한다는 소리지."

단전을 잃는다는 것은 무림인으로써의 생명을 잃는다는 말과 동일했다.

무의 궁극을 보고자 하는 독고천에게 단전을 잃는다는 것은 삶의 이유를 잃는다는 말과 같았다.

"두 번째를 택하겠소. 단, 내 수하들은 보내 주시오."

"당연히 그래야지."

백의 노인이 당연하다는 듯 고개를 끄덕이자 독고천이 만족한 듯 고개를 주억거렸다.

"그럼 이만 자러 가 보겠소."

"알았네. 내일 자세한 이야기를 나누지."

백의 노인이 씨익 웃어 보였다.

왠지 모르게 섬뜩한 미소에 독고천은 속으로 탄식을 내뱉을 수밖에 없었다.

'기연인 줄 알았는데, 악연의 끈이었구나.'

*   *   *

 자육천이 천마신교와의 동맹서에 서약을 한 후, 장소연과 천선우는 총타로 발걸음을 향했다.
 그리고 홀로 남은 독고천은 숙소에 남아 가부좌를 틀고 있었다.
 똑똑.
 문을 두드리는 소리에 독고천이 조용히 눈을 떴다.
 "들어오시오."
 "독고 대협, 총관님이 찾으십니다."
 전날 만난 백의 노인은 북해빙궁의 총관이었다. 그만큼 영향력이 지대한 인물이었다.
 총관이란 자리는 문파의 대부분을 총괄 정리한 후 문파의 존주(尊主)에게 건네주는 자리였다.
 그러니 문파의 모든 대소사를 알아야 하는 자리였고, 그러한 능력을 지녀야 했으며, 또 그만큼의 권력을 지닌 자리가 바로 총관이었다.
 무사는 독고천을 하나의 작은 방으로 안내해 주었다.
 그곳에는 총관과 두 명의 무사가 미리 와 있었다.
 방 한가운데에는 나무 의자가 있었는데, 투박하면서도

단단해 보였다.
"앉게나."
총관이 씨익 웃으며 손으로 의자를 가리켰다.
의자에 앉자 갑자기 총관의 손이 독고천의 복부를 노려왔다.
워낙 갑작스런 기습임에도 불구하고, 독고천의 신형은 침착하게 옆으로 튕겨져 나갔다.
살수 교육을 통해 익혔던 것이 독고천의 몸에 하나하나 새겨져 있는 것이었다.
어떠한 상황에서도 긴장감을 유지하고, 쉽사리 믿음을 주지 않는 것이 바로 살수의 기본이었다.
심지어 자신조차 믿지 않는 것이 살수들이었다.
살행을 앞두고 자신의 무공이나 기술을 믿다가 죽어간 살수들이 많았기에 그러한 말이 생겨난 것이었다.
기습이 실패하자 총관이 목청껏 외쳤다.
"저놈을 잡아!"
순식간에 무사 두 명이 독고천을 향해 검을 휘둘렀다.
검은 이미 다른 무사가 챙긴 후였기에 독고천의 주먹이 허공을 휘감았다.
붉은 기운과 함께 푸른 마기가 넘실거렸다.
퍽!
둔탁한 소리와 함께 무사 한 명의 얼굴이 짓눌려지며

뒤로 널브러졌다.

그리고 곧바로 독고천의 왼 주먹이 다른 무사의 복부를 후려쳤다.

순간, 무사의 복부가 일그러졌다.

무사는 입으로 내장 조각을 토해 내며 앞으로 고꾸라졌다.

독고천의 주먹에서 흘러나오는 붉은 기운을 보자 총관이 경악했다.

"저, 저것은 혈마의……!"

"왜 나를 속였소?"

독고천이 조용히 묻자 총관은 절로 몸을 떨었다.

몸에서 흘러나오는 푸른 마기와 주먹에서 흘러나오는 붉은 기운이 더없이 괴기스러워 보였다.

총관은 이를 악물었다.

주먹에서 흘러나오는 붉은 기운은 분명 혈마의 무공이 확실했다.

혈마는 천마신교의 고수였으니, 아무리 무공이 절전되었다 할지라도 후인에게 이어질 수도 있는 노릇이었다.

그리고 독고천이 혈마의 무공을 익혔다면 총관이 이길 가능성은 없었다.

그러나 총관은 천천히 마음을 다잡았다.

'사자후(獅子吼)를 터뜨린다면 무사 백여 명 정도는 바

로 달려올 것이다. 그렇다면 아무리 혈마의 무공을 익혔다 할지라도 목숨을 내놓아야 할 것이다.'

사자후는 목소리로 내공을 뿜어내 상대방에게 피해를 주는 절정의 무공이었다.

무공 수위가 높아질수록 목소리에 실리는 내공이 더욱 짙어지며, 심지어 상대방의 정신을 잃게 할 수 있는 절정의 무공이었다.

조용히 독고천의 눈치를 보던 총관이 일순 사자후를 터뜨렸다.

"갈(喝)!"

쿠웅!

사위를 울리는 목소리와 함께 웅후한 내공이 빙궁 전역에 퍼져 나갔다.

순간, 독고천이 인상을 찌푸렸다.

"수하들을 부르는 것이오?"

"네가 아무리 혈마의 무공을 익혔다 해도 북해빙궁의 정예 무사 백여 명을 이기지는 못할 것이다!"

총관이 차가운 미소를 지었다.

그러자 독고천이 고개를 내저었다.

"왜 기습을 가한 것이오?"

"사실 두 번째 방법 따윈 없다. 내 성급함 때문에 기습이 실패했지만, 넌 결국 인형설삼을 내놓을 수밖에 없을 것이다."

 총관의 눈에서는 탐욕이 불타올랐다.

 인형설삼을 얻으면 북해빙궁의 중원 진출도 꿈이 아닐 것이었다.

 독고천 정도의 고수야 천마신교에는 넘칠 것이니, 북해빙궁 측에서 입만 닫으면 무난하게 실종 처리될 것이었다.

 말 그대로 만사형통이었다.

 노쇠하긴 했지만 절정고수인 궁주를 중심으로, 소궁주에게 인형설삼을 취하게 한다면 또 다른 절정고수가 탄생하는 것이었다.

 본래 무가에서 한 명의 절정고수가 지니는 힘은 매우 막강했다. 그것이 무가의 숙명이었다.

 그제야 상황을 파악한 독고천이 땅에 떨어져 있던 무사의 검을 주워 들었다.

 "내가 비록 혈마 선배의 무공을 익히긴 했지만……."

 독고천이 검을 뽑았다.

 "……난 검객이오."

 순간, 독고천의 몸에서 살기가 뿜어져 나왔다.

 강렬한 기세에 총관의 의복이 펄럭이기 시작하더니, 얼굴이 붉게 변하기 시작했다.

 느껴져 오는 위압감이 조금 전과는 차원을 달리했다.

 검객의 손에 검이 들리는 순간, 상상도 할 수 없는 상황이 되어 버리고 만다.

검객에게 있어 검이란 그만큼 하나의 절정무공과도 같은 것이었다.

'이, 이놈! 풍기는 마기를 조절했구나!'

총관도 들은 적이 있었다.

마공의 고수들은 몸에서 흘러나오는 마기의 양을 조절할 수 있다고 말이다.

아니나 다를까.

독고천의 몸에서 뿜어져 나온 기괴한 푸른 마기가 사방을 넘실거리며 방 안을 뒤덮고 있었다.

순간, 총관은 목이 답답해져 왔다.

숨쉬기도 어려웠고, 몸이 말을 듣지 않았다.

"나는 호의를 가지고 방문했는데 이렇게 적의를 보이다니, 안타깝소."

독고천의 검이 미묘하게 흔들렸다.

그와 동시에 총관의 머리가 땅에 떨어졌다. 그리고 머리를 잃은 총관의 몸이 앞으로 고꾸라졌다.

철푸덕.

목에서 흘러나오는 피가 바닥을 적셨다.

그사이, 수많은 기운들이 방 쪽으로 몰려오기 시작했다.

워낙 많은 수여서 정면 대결을 한다면 필패였다. 순간,

독고천의 신형이 튕겨져 오르더니, 순식간에 모습을 감추었다.

잠시 후, 방 안으로 흉흉한 기세를 뽐내는 무사들이 들이닥쳤다.

그들은 잘려진 총관의 머리를 보고는 이를 갈았다.

"이 잔인한 놈! 놈을 발견하면 꼭 생포해야 한다!"

그들도 모두 알고 있었다.

인형설삼을 되찾기 위해 총관이 직접 움직인 것을 말이다.

방 안의 무사들의 신형이 사방으로 튀어나갔다.

잠시 후, 독고천이 천장에서 사뿐히 내려왔다.

주위를 두리번거리던 그는 조심스레 방을 나왔다. 무사들은 모두 밖으로 뛰쳐나갔는지 아무런 기척이 느껴지지 않았다.

순간, 독고천의 뇌리에 무언가가 스쳐 지나갔다.

천마신교의 무고에는 정파의 무공이 쌓여 있었다. 그것은 천마신교의 자랑이었으며, 정파에 있어서는 씻을 수 없는 수치였다.

독고천은 마도를 걷는 자였다.

당연히 이러한 절호의 기회를 놓칠 순 없었다.

마도란 그저 그런 나쁜 놈이 아니라, 진정 마(魔)가 되어야 하는 것이었다.

 북해빙궁 측에서 먼저 배신을 했으니, 그것의 곱절은 갚아 줘야 하는 것이다.

 '북해빙궁의 무고가 여기 근처에 있다고 들었는데…….'

 독고천의 몸이 표홀히 날아올랐다.

 순식간에 전각 하나를 뛰어넘은 독고천이 몸을 납작 엎드린 채 주위를 훑었다.

 그러던 중 무언가 거대한 전각이 눈에 들어왔다.

 전에 한 번 가 본 적이 있으니 궁주의 거처는 아닐 것이었다.

 그리고 무엇보다 눈앞의 전각에는 창문이 없었다.

 본래 무고는 도난 방지와 습도 조절을 위해서 창문을 트지 않았다. 서적의 오랜 보관을 위해서였다.

 또한 북해빙궁 자체가 북해 내에서 절대적인 지위를 갖고 있기 때문에 보안에 허술한 면이 없지 않았다.

 그 누가 엄동설한의 북해를 쉽사리 찾을 수 있으며, 그 누가 북해까지 찾아와서 도둑질을 하려 하겠는가.

 그전에 얼어 죽기 십상인 곳인데 말이다.

 판단을 내린 독고천의 몸이 쏘아져 나갔다.

 푸슛.

 그리고 무고를 지키고 있던 무사 두 명에게 암기를 쏘았다.

무사 두 명이 동시에 정신을 잃고 옆으로 널브러졌다.

무고에는 자물쇠가 잠겨 있었다.

독고천의 검이 자물쇠를 내려쳤다.

쓱.

자물쇠는 손쉽게 두 동강이 나서 땅에 떨어졌다.

독고천은 정신을 잃은 두 무사와 자물쇠를 들고는 무고 안으로 모습을 감추었다.

무고 안에 들어서자 야광주가 천장에 박힌 채 내부를 비쳐 주고 있었다.

야광주(夜光珠)는 어둠 속에서 빛을 내는 고가의 보석인데, 매우 많은 수의 야광주가 무고의 천장에 박혀 있었다.

독고천은 주위를 두리번거렸다.

많은 수의 서적들이 책장에 꽂혀 있었는데, 안으로 점점 걸어갈수록 적은 수의 서적들이 포장된 채 조심스럽게 진열되어 있었다.

그것으로 보아 북해빙궁에 있어 무척이나 중요한 서적 같았다.

독고천은 서적에 쌓여 있던 천을 천천히 풀어냈다.

빙룡신장(氷龍神掌).

북해빙궁의 신공 중 하나였다.

궁주의 절세신공인 동시에 강한 한기를 뿜어내는 절정의 장풍을 뿜어내는 장공 중 하나였다. 소궁주 이상만이 익힐 수 있는 절기였으며, 익히게 되면 검기와 준하는 한기를 절로 뿜어낼 수 있었다.

조용히 서적을 훑어보던 독고천이 구결들을 찢어서 품 안에 갈무리했다.

그런 뒤 다음 서적을 주워 들었다.

소수빙공(素手氷功).

천마신교에서도 소수빙공을 따라 한 마공이 있었다.

소수마공(素手魔功)이라 부르는 그것은 적수공권에 뛰어난 위력을 보여 주는 무공이었다.

그러나 음기가 너무 강해 여인만이 익힐 수 있다는 단점이 있었다.

아무래도 베낀 무공의 한계였다.

하지만 소수빙공은 아니었다.

단지 극성에 이르지 못할 뿐, 사내들도 충분히 십성까지 익힐 수 있었다.

소수빙공은 거대한 바위마저 얼려 버릴 수 있을 정도로 엄청난 음공(陰功)이었다.

소수빙공의 구결을 알지 못하여 어느 정도 흉내만 낼 수 있던 소수마공이었지만, 이제는 달라질 것이었다.

 독고천은 소수빙공의 중요한 구결들을 찢어서 쉽게 찾을 수 없도록 품 안에 단단히 갈무리했다.

 그런 후 수많은 북해빙궁의 고유 무공 서적을 훑어보았다. 아무래도 시간이 없다 보니 중요한 것만 챙기고 나머지는 모두 확인 후 모두 찢어 버린 것이다.

 마지막으로 검을 휘저어 작은 조각으로 만들었다.

 천마신교의 가르침 중에는 다음과 같은 경구가 있었다.

─복수를 하려면 제대로 해라. 당한 상대가 너를 더욱 증오할 수 있도록.

 역시나 마인답게 독고천은 천천히, 그러나 확실히 무고를 망가뜨리고 있었다.

 그리고 기운들이 무고를 향해 다가오기 시작하자 검을 내려쳤다.

 까앙!

 쇳소리와 함께 불꽃이 튀며 불꽃이 서적에 옮겨 붙었다.

 화르르.

 작은 불꽃은 점점 모습을 키워 갔다.

일을 마무리한 독고천은 순식간에 모습을 감췄다.

얼마 지나지 않아 무고로 한 떼의 무사들이 들이닥쳤다.
하지만 매캐한 연기와 불꽃을 보고는 경악하여 외쳤다.
"불이야!"
"빨리 물을 가져와라!"
무사들이 분주하게 불을 끄고 있을 무렵, 독고천은 전각 위에 엎드려 있었다.
그 상태로 우물에서 물을 퍼오거나, 눈을 불꽃에 던지는 행동을 고스란히 내려다보고 있었다.
독고천은 만족스럽다는 듯 고개를 끄덕였다.
'선배들이 정복하지 못했던 북해빙궁을 제가 괴롭히고 있습니다, 선배들.'
순간, 독고천은 무언가를 느끼고 벌떡 몸을 일으키려 했다. 그러나 곧바로 가눌 수 없을 만큼 몸이 무거워지기 시작했다.
'……방심했군.'
그렇게 독고천은 정신을 잃었다.

    *   *   *

촤아아.

물이 뿌려지는 소리와 함께 독고천이 눈을 떴다.

독고천은 의자에 묶여 있었으며, 양쪽으로는 무사들이 서 있었다.

독고천 앞에는 허리가 구부정한 한 노인이 서 있었는데, 엄청난 위압감을 뿜어내고 있었다.

"여기가 어디오?"

"어디긴 북해빙궁이지, 이 마교 놈아."

노인이 이를 갈며 말하자 독고천은 슬쩍 자신의 몸 상태를 확인했다.

혈도가 제압되었는지 내공이 모이질 않았다.

그러나 독고천은 마룡지체를 타고났다.

고로 역혈로 기운을 돌리면 제압당한 혈도 따위는 금방이라도 풀 수 있었다.

조용히 독고천이 역혈기공을 돌리기 시작했다. 그러나 그 순간, 노인의 손이 단전을 꿰뚫었다.

파악!

독고천은 신음을 내뱉었다.

"크흑."

이어 벌어진 입을 통해 붉은 피를 토해 냈다.

"인형설삼은 잘 받으마."

노인의 손에는 진득한 붉은 피와 함께 작은 무언가가

들려 있었다.

 단전(丹田)이었다.

 본래 단전을 뽑는다고 해서 내공을 얻을 수 있는 것이 아니었다.

 그러나 북해빙궁의 무공 중에는 한기를 흡수하는 것이 있어 강한 한기를 지닌 인형설삼의 기운만을 추출하면 되는 것이기에 그리 어려운 방법도 아니었다.

 물론 그렇게 한다 해도 단전 안의 내공을 얻을 수는 없었다.

 단지 독고천의 단전 내에 담긴 인형설삼의 기운이 아직 완전히 융화되지 못했기에 가능한 일이었다.

 노인의 손에 들린 자신의 단전을 멍하니 바라보던 독고천은 곧 입에서 피를 흘리며 혼절했다.

 그러자 독고천을 내려다보던 노인이 고갯짓을 했다.

 "이 마교 놈을 가둬라."

 "옛!"

　　　　　*　　*　　*

 독고천이 눈을 떴다.

 그러자 온몸을 엄습해 온 엄청난 고통에 신음을 터뜨렸다. 손과 발에는 족쇄가 달려 있었으며, 내공은 한 줌도 모이질 않았다.
 단전을 잃은 것이다.
 독고천이 주위를 두리번거렸다.
 철창에 갇힌 자신을 제외하고는 아무것도 보이지 않았다.
 오직 짙은 암흑뿐이었다.
 거기다 얼마나 추운지 절로 이가 부딪칠 지경이었다.
 숨을 쉴 때마다 입김이 흘러나왔고, 당장에라도 동상에 걸릴 것만 같았다.
 독고천은 족쇄를 흔들어 보았다.
 예전이라면 그냥 뽑혔을 족쇄가 독고천의 팔다리를 튼튼하게 조여 매고 있었다.
 끙끙거리며 힘을 주었다.
 하나 족쇄는 미동도 하지 않았다.
 결국 독고천은 조용히 눈을 감았다.
 한참을 조용히 있던 그의 눈에서 눈물이 흘러나왔다.
 그리고 잠시 뒤, 흐느낌으로 바뀌었다.
 "크흐흑."
 단전을 잃고, 무공을 잃고, 무림인으로서 생(生)을 잃었다.
 힘이 넘치던 팔다리는 너풀거렸고, 온몸에서 흘러나오던 푸른빛 마기는 더 이상 보이지 않았다.

독고천은 자신의 손바닥을 내려다보았다.

평생 검을 만져 상처로 도배되고 굳은살이 박혀 뭉뚱그려진 손바닥이 눈에 들어왔다.

독고천이 주먹을 쥐었다.

주먹이 절로 떨려 왔다.

모든 것을 잃었다.

하루 종일 멍하니 땅바닥만을 내려다보던 독고천은 그렇게 잠에 빠졌다.

*　　*　　*

한 달이 지났다.

그래도 죽일 생각은 없었는지 독고천에게 꾸준히 식사를 가져다주었다. 그러나 그뿐이었다.

독고천은 이대로 죽고 싶지 않았다.

무공의 극의(極意)를 봐야 하건만, 이런 데서 죽을 순 없었다.

억지로 밥을 우겨 넣었다. 밥을 씹는 독고천의 눈빛에서는 비장함이 흘러넘쳤다.

그리고 한 달이 또 지났다.

몸은 더욱 피폐해졌고, 얼굴은 망가져만 갔다.

수염은 듬성듬성 지저분하게 자라 있었고, 몸에서는 썩

은 내가 풍겨 왔다.

그러나 초라한 몰골과는 달리 눈빛은 한층 더 깊어져 있었다.

살아만 있다면 언제든지 비상할 수 있다는 희망이 삶을 유지시켜 주는 유일한 끈이었다.

끼이익.

그 순간, 비틀린 쇳소리와 함께 철창이 열렸다.

독고천은 조용히 바닥을 내려다보았다.

식사를 할 시간이 아닌데 벌써 찾아온 것이 이상했긴 했지만, 그리 개의치 않았다.

먹어야 살 수 있었다.

그러나 독고천의 눈에 보이는 두 개의 발은 조용히 서 있을 뿐이었다.

얼핏 보면 다리가 떨리고 있는 것 같기도 했다.

독고천이 천천히, 그러나 힘겹게 고개를 들었다.

그곳에는 자운룡이 눈물범벅이 된 채 서 있었다.

"……형님."

자운룡이 새어 나오는 흐느낌을 억지로 입 안에 구겨 넣었다. 그러나 눈에서는 어찌할 수 없는 눈물이 흘러나왔다.

그 모습에 독고천이 힘겹게 미소를 지었다.

"잘 지냈나."

"정말 죄송합니다, 형님. 이제야 이 사실을 알고 형님을 찾은 것이 정말 죄송합니다."

자운룡이 무너지듯 무릎을 꿇고는 독고천을 껴안았다.

독고천은 힘없이 미소 지었다.

"다 나의 업보였다. 괜찮다."

자운룡은 독고천의 얼굴을 쓰다듬었다.

패기 가득한 표정은 온데간데없이 사라졌고, 피골이 상접한 사내만이 남아 있었다.

괴기한 마기를 뿜어내던 그 당당함도 없었다.

단지 눈빛만은 아직 살아 있었다.

그 모습에 자운룡이 이를 갈았다.

"여기서 나가게 해 드리겠습니다."

"가능하겠나?"

"지금 제가 여기에 있다는 것을 아무도 모릅니다. 그러니 누군가 눈치채기 전에 얼른 도망가야 합니다."

"넓디넓은 북해에서 도망갈 곳이 있을까?"

순간, 자운룡은 고심했다. 그러나 이내 무언가를 결심했는지 굳은 눈빛으로 고개를 끄덕였다.

그리고 벌떡 일어서더니 검을 뽑아 족쇄를 잘라 냈다.

하지만 독고천은 제대로 일어서지도 못했다. 자운룡이 그런 독고천을 업고는 신형을 날렸다.

*　　*　　*

 자운룡은 북해빙궁에서 살아온 소궁주답게 비밀 통로들을 잘 알았다. 그 누구도 눈치채지 못할 만한 곳에 비밀 통로가 있었고, 두 사람은 무사히 북해빙궁 밖으로 나올 수 있었다.
 그제야 고통이 느껴진 듯 독고천이 신음을 터뜨렸다.
 "크윽."
 자운룡은 독고천을 내려놓고 복부를 훑어보았다. 단전을 뽑아낸 후 치료를 제대로 하지 않아 상처가 곪아 있었다. 심지어 구더기가 알을 낳을 정도였다.
 순간, 자운룡은 품속에서 단도(短刀)를 꺼내 들었다. 그리고 독고천의 복부를 헤집었다.
 독고천이 이를 악물고 몸을 부들부들 떨었다.
 검은 핏물이 흘러나오다가 한참이 지난 후에야 붉은 선혈이 보이기 시작하자 자운룡은 금창약을 독고천의 복부에 바른 후 붕대를 감았다.
 금창약은 무림인들의 필수품과도 같았다.
 지혈 성능이 뛰어나 응급치료로는 탁월한 효과를 보여주는 약이었다.
 어느 정도 치료를 끝낸 자운룡은 독고천을 다시 등에 업고는 신형을 날렸다.

그가 도착한 곳은 하나의 거대한 산이었다.

"형님, 제가 전에 얘기해 드렸던 전설 중 하나를 기억하십니까?"

"어떤 전설 말이냐?"

"노한산이라는 곳에서 많은 이들이 실종되었다고 하지 않았습니까?"

"그랬지."

"예. 그래서 아무도 이 산에는 접근하질 않습니다. 몸을 숨기기에는 최적의 장소일 겁니다."

자운룡은 독고천을 업고는 산을 타기 시작했다.

어느 정도 산속으로 들어가자 가파른 산맥이 눈에 들어왔다.

"이곳부터가 노한산의 초입입니다. 제가 이곳에 초옥이 하나 있는 것을 봐 두었습니다. 저 말고는 그 누구도 초옥의 위치를 모르지요. 아주 교묘히 숨겨져 있더군요."

아니다 다를까, 절벽과 절벽 사이의 아주 교묘한 위치에 초옥이 숨겨져 있었다.

매우 낡았지만 거처로서는 충분했다.

"제가 커서 기분이 꿀할 때면 이곳에 와서 기분을 풀고는 했습니다. 물론 어렸을 때는 얼씬도 못했지요."

자운룡은 독고천을 바닥에 내려놓고는 이리저리 분주하게 돌아다녔다.

그리고 이내 한 무더기의 벽곡단을 만들기 시작했다.

본래 북해에서는 솔잎이나 다른 재료들을 구하기가 어려웠지만, 북해빙궁의 거의 모든 곳의 지리를 아는 자운룡에게는 식은 죽 먹기였다.

장독대에 들어갈 만큼의 벽곡단을 만든 자운룡이 초옥 한 켠에 쌓아 두었다.

"벽곡단을 만들어 놓았습니다. 제가 찾아오지 못하는 날에는 벽곡단으로 식사를 해결하셔야 할 겁니다. 초옥 바로 옆에는 물길이 있으니, 그곳에서 갈증을 해소하시면 될 겁니다."

독고천은 말없이 고개를 끄덕였다.

그 힘없어 보이는 모습에 자운룡이 다시금 울컥했지만, 애써 흘러나오는 눈물을 삼켰다.

"형님, 저는 지금 본 궁으로 돌아가겠습니다."

자운룡이 고개를 조아리고는 초옥 밖으로 나갔다.

자운룡은 한 달이 지나도록 찾아오지 않았다.

그사이, 독고천은 하루하루 육체 수련에 집중했다.

자운룡이 두고 간 약이 떨어지자 살수 수업을 받을 때 익혀 두었던 지식으로 약초들을 캐 상처에 발랐다.

한 달 정도 지나자 상처는 어느 정도 아물었지만, 여전히 흉터는 짙게 남아 있었다. 하지만 독고천은 산속을 뛰어다니며 이를 악물고 수련에 열중했다.

떨어진 체력과 몸의 근력을 다시 키웠다.

그리고 항상 잠들기 전에는 가부좌를 틀고 연공에 들어갔다. 그러나 내공은 모이지 않았다.

나뭇가지를 깎아 목검을 만들어 하루 종일 휘둘렀다. 휘두르고 또 휘둘러 손목이 얼얼해질 때까지 휘둘렀다.

그렇게 평상시처럼 가부좌를 틀고 있던 어느 날이었다.

순간, 독고천의 뇌리에 무언가가 스쳐 지나갔다.

'마룡지체라 함은 어떤 특별한 혈도와 몸이 지닌 특성으로 인해 역혈이 되었다는 뜻이다. 그렇다면 굳이 단전이 아니어도 다른 곳에 내공을 담을 수 있는 곳이 있지 않을까?'

독고천이 운공을 할 때마다 단전에서는 약간의 거부감을 보였다.

내공은 온전히 쌓이긴 했지만 무언가 거북한 기분이 든 것은 사실이었다.

심지어 이십 년 가까이 내공을 쌓아 왔음에도 불구하고, 편안한 기분보다는 거북한 기분을 더 많이 느껴왔다.

그 당시에는 그것이 당연했다.

그렇다면 원래 널리 알려진 단전은 사실 독고천을 위한 단전이 아닐 수도 있었다.

판단을 마친 독고천은 온몸을 구석구석 살피기 시작했다.

손가락으로 몸 마디마디를 눌러 보고 눈으로 살폈다.

아니나 다를까, 단전 오른쪽에서 자그마한 무언가가 만져졌다.

살짝 튀어나온 듯 보이는 그곳에서 단전과도 같이 묵직한 무언가가 만져짐을 느꼈다.

순간, 독고천은 기쁨에 탄성을 내질렀다.

'이것이다!'

독고천은 천천히 외워 두었던 혈마심법(血魔心法)의 구결을 읊기 시작했다.

본래 심법이라는 것은 한 번 익힌 후에는 바꿀 수 없었다.

바꾸기 위해서는 예전에 익혔던 모든 내공을 포기해야만 가능했다.

그러니 삼류 심법에 속하는 악마혈천심법을 익혔던 독고천은 그게 항상 불만이었다.

본래 명가에서 태어난 자식들은 가장 최고의 심법으로 어렸을 적부터 벌모세수(伐毛洗髓)까지 받아 가면서 자라난다.

즉, 어릴 때부터 환골탈태와 맞먹는 신체로 무공을 쌓는 것이다.

그리고 그것은 그들을 단기간에 고수로 만들어 주었다.

그러나 독고천에게는 그런 혜택이 없었다.

심지어 심법마저 천마신교의 아무나 익히는 심법이었으니, 웅후한 내력을 품기에는 무리가 있었다.

 그렇기에 혈마심득에서 혈마심법의 구결을 얻을 수는 있었지만 익히지는 못하고 있었다.

 물론 뛰어난 심법이라는 것은 인정했지만, 그동안 쌓아온 내공을 날릴 수는 없었다.

 결국 울며 겨자 먹기로 악마혈천심법을 운용할 수밖에 없던 것이다.

 하지만 이제 단전이 파괴되며 새로운 심법을 익힐 수 있게 되었으니 새옹지마(塞翁之馬)라 할 수 있었다.

 '하늘과 땅의 기운이 하나로 뭉치니, 그것이 바로 무형지기라……. 무형지기는 하나의 기운인 동시에 하나의 기운이 아니니, 그것이 합쳐져 단전을 이루리라. 그리고 그 단전이 이루어져 천지인의 조화를 이루니, 그것이 바로 내공이니라.'

 순간, 독고천의 몸속에 아주 가느다란 기 한 덩어리가 들어섰다. 독고천은 기의 덩어리를 놓치지 않았다.

 그런데 바로 그때였다.

 초옥 밖에서 소리가 들려왔다.

 "발자국이 있다! 그놈이다!"

 순간, 독고천은 눈을 번쩍 뜨고는 망설임없이 초옥 뒤로 몸을 날렸다. 그와 동시에 무사들이 초옥에 들이

닥쳤다.

"놈이 도망친다!"

무사들이 경신술을 사용해 도망치는 독고천을 쫓았다.

독고천은 열심히 뛰었지만, 금방이라도 무사들의 손아귀에 잡힐 듯 보였다.

그 순간, 독고천은 이를 악물고 낭떠러지 아래로 몸을 날렸다.

무사들은 멍한 얼굴로 서로를 쳐다보았다.

"낭떠러지 아래로 뛰어내리다니."

"독한 놈이군. 어찌 보고하지?"

"이곳에서 떨어지면 십 중 십은 죽었다고 봐야지."

무사 한 명이 낭떠러지를 내려다보았다.

끝도 보이지 않을 정도에 암흑(暗黑)만이 보였다.

무사가 슬쩍 돌멩이를 낭떠러지 아래로 던졌다.

휘이잉.

바람 소리와 함께 돌멩이가 낭떠러지 아래로 떨어져 내렸다.

그러나 한참이 지나도 무언가에 부딪치는 소리는 들려오지 않았다.

무사가 한숨을 내쉬며 고개를 내저었다.

"휘유, 이런 곳에서 떨어졌다간 뼈도 못 추리겠군."

무사가 몸을 일으켰다.

"돌아가자."

* * *

독고천은 신음을 터뜨리며 몸을 일으키려 했다. 그러나 팔다리가 부러졌는지 엄청난 고통만이 엄습해 왔다.
"으으."
독고천이 밀려드는 고통에 침을 흘리며 인상을 찌푸렸다.
그러다 문득 무언가가 생각났는지 기를 찾아 헤맸다.
다행히 아직 기 덩어리는 살아 있었다.
그리고 거기다 자리를 잡았는지 기묘한 기운이 연신 펄떡거렸다.
독고천의 몸에서는 자세히 보지 않으면 모를, 아주 옅고 은은한 붉은 마기가 흘러나오고 있었다.
'성공했구나! 혈마심법을 익혔다!'
혈마심법의 특징 중 하나가 바로 붉은 마기였다.
혈마가 한창 전성기 시절일 때는 붉은 마기만 보아도 모든 정파인들이 두려워했을 정도였다.
독고천은 손에 만져지는 부드러운 촉감에 주위를 훑어보았다.
천이 바닥에 깔려 있었다.

그리고 팔다리에는 붕대가 감겨 있었고, 부러진 팔다리에 부목이 받쳐져 있었다.

현재 자신이 누워 있는 곳은 동굴 안이었는데, 의외로 밝았다.

"너."

순간, 갑작스런 음성에 독고천은 흠칫 놀랐다.

동굴 입구 쪽에 초라한 의복을 입은 노인이 인상을 찌푸리며 물어 왔다.

"너, 혈마 님하고 무슨 관계냐?"

그러자 독고천이 고개를 내저었다.

"아무런 관계도 아니오."

그러자 노인이 성큼성큼 다가오더니 독고천의 멱살을 쥐어 잡았다.

그와 함께 닭 모가지조차 꺾을 힘도 없어 보이던 노인의 몸에서 엄청난 기세가 흘러나왔다.

"그런데 어떻게 혈마 님의 마기를 흘릴 수 있는 거냐?"

"컥컥."

독고천은 숨이 막히는지 기침을 토해 냈다.

그러자 노인이 독고천을 내려놓았다.

철푸덕.

몸을 가누지 못한 독고천은 그대로 엉덩방아를 찧었다.

독고천이 인상을 찌푸리며 고개를 들었다.

"흠흠, 혈마심법을 익혔기 때문이오. 그래서 붉은 마기가 흘러나오는 것이오."

"혈마심법은 어디서 어떻게 익혔지?"

"우연히 운남에 갈 일이 있었는데, 거기서 운 좋게 얻게 되었소."

"운남?"

"그렇소."

독고천이 담담히 대답하자 노인이 진실 유무를 파악하려는 듯 눈을 흘겼다.

"해남(海南)은?"

해남이라는 말에 독고천이 사실대로 말해야겠다는 생각이 문뜩 들었다.

아마 상대는 모든 것을 알고 있는 상태에서 독고천, 자신을 판단하고 있는지도 몰랐다.

아무래도 거짓을 말하게 되면 이런 상황에서는 너무나도 불리했다.

팔다리가 부러진 상태라 아무것도 못하는데, 거기에 공격마저 당한다면 뼈도 못 추릴 것이었다.

독고천이 천천히 입을 열었다.

"사실 해남검법이라 적혀 있던 서적을 구하게 되었는데, 남해삼십육검에 대해서 상세히 적혀 있었소. 그리고 우연히 오랜 시간 동안 물에 빠뜨린 적이 있었는데, 그러자 혈마심득이라는 제목의 서적으로 바뀌게 되었소."

조용히 독고천을 바라보던 노인이 갑자기 감동 어린 표정을 지으며 절을 하더니 고개를 조아렸다.

"지옥신마(地獄神魔) 탁경도(卓競導)가 부교주님을 뵈옵니다."

"이, 이게 무슨……."

독고천이 당황해하며 몸을 일으키려 했지만, 엄습해 오는 고통에 다시 드러누울 수밖에 없었다.

그제야 자신을 탁경도라 밝힌 노인이 몸을 일으켰다.

그의 눈에서는 뜨거운 눈물이 흐르고 있었다.

"부교주님이 배신당하신 후 해남에서 생애를 마감하겠다고 하셨을 때, 속하는 가슴이 찢어질 것만 같았습니다. 그놈의 교주보다도 위대하시고 강하신 부교주님께서 음모에 의해 쫓겨났을 때, 속하는 너무나 슬펐습니다. 그런데 부교주님께서 이렇게 후인을 남기셨으니 속하는 기쁠 따름입니다."

탁경도가 독고천을 바라보며 감격한 듯 입을 열었다.

"사실 부교주님께서 제가 만들어 놓은 함정에 걸리지 않았더라면 저세상으로 가셨을 겁니다. 다행히 제가 날짐승을 잡기 위해 만들어 놓은 함정에 걸려서 팔다리가 부러진 정도로 살아남으신 겁니다."

"아니, 그게 아니라…… 왜 내가 노인의 부교주란 말이오?"

독고천의 질문에 탁경도가 활짝 웃었다.

"전(前) 부교주님이 해남으로 은거하실 당시에 전 결심했습니다. 부교주님에 이어 그분의 후인까지도 평생 모시겠다고 말입니다. 그런데 결국 실종이 되셨고 북해까지 부교주님을 찾으려다가 실족하는 바람에 이렇게 절벽에서 살게 되었습니다. 하지만 이렇게 부교주님의 후인을 만나게 되었으니 인연이 아니고 무엇이겠습니까."

독고천은 의심스런 눈으로 노인을 바라보았다. 이미 북해빙궁에서도 배신을 당한 터였다.

그런데 알지도 못하는 노인이 다가와서 하는 소리는 당최 이해가 되지 않았다.

단지 노인이 독고천을 구해 주었고, 치료도 해 주었다는 사실은 감사할 만한 일이었다.

"다른 것은 모르겠고, 우선 구해 준 것은 감사하게 생각하고 있소."

"당연한 겁니다, 부교주님."

부교주라는 단어를 듣자 독고천이 인상을 찌푸렸다.

"도대체 뭐가 부교주란 말이오!"

"부교주님의 후인이시니 그 자리를 이어받으시는 것은 당연한 겁니다, 부교주님."

노인의 말에 독고천의 뇌리에 무언가가 스쳐 지나갔다.

천마신교의 부교주가 되기 위해선 말 그대로 강한 힘이

필요했다.

 그리고 한 가지 규칙이 있었는데, 부교주를 나타내는 명패, 즉 혈룡패를 지닌 자는 언제든지 부교주의 자리에 도전할 수 있었다.

 물론 교주의 자리는 예외였다. 교주의 자리를 노리고 자주 싸움을 걸어오면 교내의 분위기가 어수선해질 것이 빤했기 때문이다.

 그러나 부교주의 자리는 교주를 보좌해야 하는 절정고수들의 자리였음으로 항상 부지런히 무공을 수련해야 했다.

 결국 언제든지 부교주의 자리를 뺏길 수도 있으니, 천마신교를 위해서 무공 수련을 늦추지 말라는 무언의 압박이기도 했다.

 그러나 거기에는 한 가지 함정이 있었다. 강자지존인 천마신교에서 부교주씩이나 되는 자리에 있다면 무공 수위는 당연히 절정에 다다른 것이 아니겠는가.

 또한 그 누가 부교주임을 증명하는 혈룡패를 쉽사리 구하겠는가.

 도전하는 자는 천마신교의 유구한 역사에도 한 손에 꼽을 정도로 드물었고, 모두들 실패했다.

 그리고 실패한 자들의 가족은 모두 당시의 부교주들에 의해서 몰살당했고 말이다.

독고천이 설마 하는 표정으로 탁경도를 바라보았다. 그러자 탁경도가 품속에서 무언가를 꺼내 들었다.

 붉은 용이 살아 꿈틀거리는 듯한 조각상.

 그것은 천마신교 부교주임을 나타내는 혈룡패였다.

 탁경도가 갑자기 무릎을 꿇더니, 조심스럽게 혈룡패를 독고천에게 건네주었다.

 "혈룡패입니다, 부교주님."

 독고천이 혈룡패를 받아 들었다.

 작은 조각상임에도 불구하고 매우 묵직했다.

 순간, 독고천의 눈동자가 흔들렸다. 그러나 곧바로 고개를 세차게 내저었다.

 "이것이 있다고 해서 내가 부교주가 될 수 있는 것은 아니오. 치우시오."

 독고천이 혈룡패를 다시 건네주었다.

 그러자 탁경도가 고개를 내저으며 안타까운 표정을 지었다.

 "그게 무슨 말씀이십니까, 부교주님."

 "그놈의 부교주가 되려면 힘이 필요하단 말이오! 하지만 난 빌어먹을 북해빙궁 놈들의 계략에 걸려서 단전을 잃었고, 지난 이십 년 가까이 모았던 내공을 잃었소! 혈마심법을 얻기는 했지만 원래대로 무공을 회복하기까지 몇 년이 걸릴지 모르오!"

독고천이 성을 내며 씩씩거렸다. 그러자 탁경도가 이해했다는 듯 고개를 주억거렸다.

"그런 것은 걱정하지 않으셔도 됩니다, 부교주님."

순간, 탁경도의 몸에서 붉은 마기가 넘실거리며 흘러나오기 시작했다.

탁경도가 활짝 웃었다.

"제가 도와드리겠습니다, 부교주님."

第六章
복수혈전(復讐血戰)

지옥신마 탁경도는 독특한 마인이었다.

힘에 굴복하고 존경과 공포를 표하는 보통의 마인들과는 달리 무인을 존중했다.

그가 보기에 혈마는 자신의 이상형과도 같았고, 그를 따르기로 했던 것이다.

그렇기에 배신을 당해 혈마가 낙천(落薦)하였음에도 불구하고 그를 쫓아 천마신교를 나와 버렸던 것이고, 실종된 혈마를 평생 찾아 헤맨 것이었다.

"그렇게 하시면 안 됩니다. 혈마 님의 무공은 패도에 중점을 두어야 합니다."

탁경도가 냉정히 고개를 내저었다.

독고천은 멋쩍은 듯 고개를 갸웃거렸다.
"그렇습니까?"
독고천이 낭떠러지에서 떨어진 지 어언 일 년이 흘렀다.
그동안 독고천은 탁경도의 가르침 아래 급격한 성장을 이루어 냈으며, 그를 스승과도 같이 모시고 있었다.
독고천은 자라 오며 스승의 존재를 겪지 못했다.
항상 윽박지르고 수련만을 강요하던 존재들만 겪어 왔던 독고천이다.
옆에서 조언해 주고 아껴 주며 무언가를 나눈다는 것은 독고천에게 새로운 느낌을 주고 있었다.
철저한 상명하복의 법칙이 지배하는 천마신교에서 자란 탓도 있겠지만, 이러한 새로운 관계는 독고천의 마음을 녹여 주고 있었다.
'스승이라……'
독고천은 희미한 미소를 지었다.
그러자 탁경도가 경을 쳤다.
"부교주님, 수련하다 말고 잡생각을 하시면 안 된다고 하지 않았습니까! 지난 이십 년 동안 수련해 오셨으면서 기본을 무시하시면 어떡합니까!"
"죄송합니다, 스승님."
"허허, 스승님이라 부르면 속하가 부끄러워진다고 말씀

드렸지 않습니까."

 탁경도가 멋쩍은 듯 뒤통수를 긁었다. 주름 진 얼굴이 살짝 상기되었다.

 "그럼 스승님이라 부르지, 뭐라 부릅니까?"

 독고천의 말에 탁경도가 부끄러운 듯 연신 헛기침을 했다.

 "흠흠, 하여튼 오늘은 여기까지 하겠습니다. 아직 절기를 익히기에는 내공이 많이 부족합니다. 오늘도 하루 종일 운공하시길 바라겠습니다. 속하는 이만 물러가겠습니다."

 탁경도가 정중히 고개를 숙이고는 동굴로 모습을 감췄다.

 그 모습에 독고천이 바위에 철푸덕 주저앉은 채 벽곡단을 우걱우걱 씹어 먹었다.

 그리고 받아 놓았던 물 한 바가지를 들이켰다.

 "크으."

 시원함이 절로 느껴지는 탄성과 함께 독고천이 소매로 입가를 닦아 내렸다.

 슬슬 노을이 지고 있었다.

 그렇게 또 하루가 흘러갔다.

 탁경도가 손가락을 까닥였다.

그와 동시에 독고천이 탁경도에게 덤벼들었다. 그러나 탁경도의 손에서 붉은 기운이 뿜어져 나오더니, 독고천의 몸이 순식간에 내던져졌다.

 "크흑."

 독고천이 신음을 터뜨리며 벌떡 일어섰다.

 하지만 탁경도는 여전히 무표정한 얼굴로 그를 내려다보고 있었다. 독고천이 이를 갈며 목검을 쥐었다.

 목검을 쥔 독고천의 움직임은 한결 가볍고 표홀했다.

 그러나 이번에도 역시 탁경도의 손아귀에 뒷덜미가 잡힌 채 내동댕이쳐졌다.

 의복은 먼지투성이였고, 얼굴도 상처투성이였다.

 그러나 독고천은 포기하지 않았다.

 순간, 독고천이 모습을 감추었다. 그러나 탁경도는 당황하지 않고 조용히 주위를 두리번거릴 뿐이었다.

 순간, 독고천이 모습을 드러내며 탁경도의 뒷목을 나무로 내려쳤다.

 까앙!

 둔탁한 소음과 함께 독고천이 쥐고 있던 나무가 박살났다.

 그리고 탁경도의 주먹이 독고천의 복부를 꿰뚫었다.

 독고천은 피를 토하며 뒤로 널브러졌다.

 그러나 이내 튕기듯 몸을 일으켰다. 그리고 지치지도

않는지 탁경도에게 덤벼들었다.

그렇게 수차례 반복하자 독고천의 몸은 성한 곳이 없을 지경이었다.

"오늘은 여기까지 하겠습니다. 내공을 쓰지 않으시고도 초식에 대한 이해도가 많이 높아지셨습니다. 웬만한 일류 고수 부럽지 않으실 겁니다."

탁경도가 미소를 짓자 독고천이 고개를 끄덕이며 목을 주물렀다.

"스승님도 적당히 하셔야지, 안 그럼 저 죽습니다."

능청스런 독고천의 말투에 탁경도가 피식 웃었다.

"저는 이만 들어가 보겠습니다."

사라져 가는 탁경도의 뒷모습을 바라보던 독고천이 한숨을 내쉬며 바위에 걸터앉았다.

그런 뒤 바위에 정(正) 자를 새겨 넣었다.

'벌써 일 년이 흘렀군.'

생각보다 많은 성과를 이루지는 못했다.

하지만 탁경도는 예상외로 혈마심득에 대한 이해도가 매우 높았다.

하여 구결 등을 설명해 주었기에 독고천은 홀로 익혔을 때와는 질이 다른 혈마심득을 익히고 있었다.

예전에는 겉핥기식으로 배운 것에 불과했지만, 지금은 혈마심득을 온전히 자신의 것으로 만들어 나가고 있었다.

독고천의 몸에서 흘러나오는 붉은 마기 또한 한층 더 짙어져 있었다.

 노을을 바라보던 독고천이 몸을 일으켰다. 그러고는 목검을 주워 들었다.

 목검은 독고천이 직접 나무를 깎아서 만든 것이었다. 진짜 검과도 같이 검병도 있었고, 칼날도 있었다.

 독고천이 천천히 목검을 쥐었다.

 쫘악.

 뭉툭한 검병이 독고천의 손에 감겨들었다.

 그 순간, 바람이 불어와 나무 위에 걸려 있던 눈이 휘날렸다.

 독고천의 목검이 바람을 따라 움직였다.

 몸에서 흘러나오는 마기가 한층 짙어지기 시작했다.

 진기가 유통되기 시작하더니, 부드럽게 전신을 돌아다니기 시작했다.

 편안하고도 따스한 기분이 독고천의 전신을 부드럽게 만져 주었다.

 그와 함께 목검이 한층 더 날카롭게 허공을 꿰뚫기 시작했다.

 부드러우면서도 강대한 기운이 물씬 퍼져 나갔다.

 파파팟!

 찰나, 독고천의 신형이 뛰쳐나갔다.

붉은 마기가 잔영을 남기며 허공에 흩뿌려졌다.

독고천의 신형이 솟구치며 목검이 허공을 갈랐다.

허공이 찢어발겨지며 공간을 만들었고, 독고천의 목검에서 흘러나오는 붉은 마기가 번쩍거렸다.

미친 듯이 휘둘렀다.

그러자 붉은 마기가 퍼져 나가며 폭사되었고, 순간 독고천의 목검이 부풀어 올랐다.

팍!

순간, 들고 있던 목검이 터져 나가며 사방으로 파편이 튀었다.

서서히 움직임을 멈춘 독고천이 멍하니 허공을 바라보았다.

붉은 마기가 노을을 뒤덮고 있었다.

독고천이 목검을 내려다보았다.

목검은 아예 박살이 나 있었다.

독고천은 쥐고 있던 목검을 놓고 자신의 손아귀를 내려다보았다.

굵고 거친 투박한 손아귀가 시야에 들어왔다.

독고천이 손아귀를 굳게 쥐었다.

힘찬 기운이 펄떡거리며 독고천의 몸을 두들겼다.

"부교주님, 축하드립니다."

독고천이 뒤를 돌아보자 어느새 왔는지 모를 탁경도가

흐뭇한 미소를 짓고 있었다.

"무엇을 말씀이십니까?"

"되찾으신 경지에 대해서 축하드립니다, 부교주님."

탁경도가 밝게 웃었다.

독고천이 쑥스러운 듯 뒤통수를 긁었다.

"어찌 아셨습니까?"

"그러한 패도적인 경지를 이룩하셨음에도 불구하고 능숙하게 받아들이시는 모습을 보고 알았지요, 부교주님."

"고맙습니다."

독고천이 씨익 웃어 보이자 탁경도가 다가와 무릎을 꿇었다.

지난 일 년간 보여 주지 않던 정중한 태도에 독고천이 놀라 물었다.

"왜 그러십니까?"

"사실 전 이제 얼마 살지 못합니다. 그러나 이렇게 부교주님을 만나게 되어 여한이 없습니다. 지난 일 년이란 세월. 짧으면 짧다고 할 수 있겠지만 정말 즐거웠습니다. 본래 무공이란 것이 내공(內功)으로 모든 것이 결정되는 것은 아니지만, 그래도 없는 것보단 나을 것입니다. 부교주님, 제 진기를 받아 주셨으면 합니다."

탁경도의 말에 독고천은 단호히 고개를 내저었다.

"무슨 말씀이십니까. 스승님은 저와 함께 본 교로 돌아가서 저를 다 가르쳐 주셔야 하지 않습니까. 받을 수 없습니다."

 순간, 탁경도가 갑자기 내공을 끌어 올려 주먹으로 자신의 복부를 내리찍으려 했다.

 그러자 독고천이 급히 오른손으로 탁경도의 주먹을 낚아챘다.

 그러자 탁경도가 씨익 웃었다.

 "받아 주지 않으시면 자결하겠습니다, 부교주님."

 "하아."

 독고천이 고민이 되는 듯 허공을 바라보았다.

 그 모습에 탁경도가 더욱 짙은 미소를 지으며 말했다.

 "알겠습니다. 그럼 진기까지는 아니더라도 내공은 드리게 해 주십시오, 부교주님."

 본래 진기(眞氣)라는 것을 잃게 되면 무공을 익힌 무림인은 삶을 잃는다고 봐야 했다. 그럴 정도로 진기를 얻는다면 웬만한 내공 정도는 우스울 정도로 엄청난 성취를 맛볼 수 있었다.

 그만큼 진기라는 것은 사람을 지탱하는 하나의 기운이었으며, 없어서는 아니 될 중요한 기운이었다.

 독고천이 탁경도와 눈을 마주쳤다.

 탁경도의 눈에는 단호한 결심이 담겨져 있었다.

 지난 일 년간 탁경도와 함께 지내면서 그의 단호함을

잘 알 수 있었다.

 지난 몇 십 년간 혈마를 찾아 헤맨 굳건한 의지로 보아 이번에도 쉽사리 포기하지 않을 것 같았다.

 "알겠습니다. 그럼 내공만 받도록 하겠습니다."

 "예. 본래 혈마 님의 심법에도 그러한 구결이 있습니다. 제가 말씀드리는 대로 심법을 읊으시면 제가 내공을 전해 드리도록 하겠습니다."

 독고천은 고개를 끄덕이며 가부좌를 틀었다.

 그러자 탁경도가 오른손으로 독고천의 머리 위에 손을 얹었다.

 탁경도가 구결을 읊자 독고천이 눈을 감은 채 구결을 따라 읊었다.

 어느 순간 독고천의 단전 부근이 뜨거워지기 시작하더니, 평온한 기운이 전신을 감쌌다.

 '과연 정순한 내공이군.'

 작지만 힘있는 내공이 탁경도로부터 독고천의 몸으로 들어서기 시작했다.

 독고천은 서서히 무아지경에 빠져들었다. 웅후한 내력이 독고천의 단전으로 스며들기 시작했다.

 흡사 구름에 떠다니는 기분이랄까.

 매우 평온하고 평화로운 기운이 온몸을 감싸더니, 독고천의 내력을 북돋워 주기 시작했다.

그리고 서서히 들어오는 내력의 양이 많아지더니, 어느 순간 장강의 물살처럼 거세지기 시작했다.

방대한 내력이 밀려들자 독고천은 헛바람을 들이마시며 곧바로 진기를 돌리기 시작했다.

그리고 장강과도 같았던 물결이 순식간에 독고천의 단전에 녹아 들어갔다.

독고천은 한숨을 내쉬고는 내력을 자신의 것으로 만들기 위해 분주하게 움직였다.

때로는 거칠게, 때로는 부드럽게 내력을 다뤘다.

그리고 마침내 흡수한 내력들이 단전에 자리 잡을 무렵, 독고천이 천천히 눈을 뜨며 입을 열려 했다.

순간, 단전에 숨어 있던 기운들이 부글부글 끓어오르더니, 전신을 휘몰아치기 시작했다.

"헉!"

기운이 폭주하며 당장에라도 독고천의 몸을 찢어발길 것만 같았다.

그러자 탁경도가 급히 외쳤다.

"부교주님, 기를 놓으십시오!"

순간, 탁경도의 말을 듣고 급히 기를 놓았다.

엄청난 기의 물결이 독고천의 단전을 꿰뚫고 온몸을 돌아다니기 시작했다.

터질 것만 같던 몸이 더욱 부풀어 올랐다.

그것은 탁경도조차 미처 예상치 못한 것이었다.

의복이 굉음을 터뜨리며 터져 나가며 뼈가 우두둑거리며 기묘한 소리를 내기 시작했다.

그 모습에 탁경도가 경악하여 중얼거렸다.

"화, 환골탈태……."

환골탈태는 모든 무림인들이 꿈꾸는 지고한 경지였다.

무공을 익히기에 최적의 몸으로 바뀌고, 내공을 쓰고 또 써도 마르지 않는다는 대해단전(大海丹田)을 가지게 되는 경지가 바로 환골탈태였다.

독고천의 몸은 근육으로 다져졌지만, 그것은 무공을 익히기에 최적의 상태가 아니었다.

오히려 작지만 단단하고 강한 뼈가 무공을 익히기에 최적이었던 것이다.

가부좌를 틀고 있던 독고천이 이윽고 천천히 숨을 내쉬었다.

검은빛의 탁한 기운들이 빠져나가며 허공에 흩뿌려졌다.

순간, 독고천의 눈이 떠졌다.

심해와도 같이 너무나도 깊고 맑은 눈동자와 탁경도의 경악한 눈이 마주쳤다.

"부교주님께서 환골탈태를 하실 줄이야……."

탁경도는 사실 내공만 준다고 말해 놓고는 선천진기마

저 넘겨주었다.

그런데 그 결과가 환골탈태로 이어진 것이었다.

독고천의 몸에서 붉은 마기가 넘실거리기 시작하더니 허공을 뒤덮기 시작했다.

진정한 마인(魔人)의 경지를 이룩해야만 가능하다는 마도지천(魔道至賤)이 펼쳐지고 있었다.

공간을 마기로 가득 채워 버려 상대방의 기운을 옭아매고 짓누르는 마인의 경지였다.

웬만한 사람은 정신을 잃는 정도로 끝나지 않고 평생 동안 마기에 짓눌려 병에 걸린 듯 앓아야 했고, 심지어 무공을 익힌 무림인들조차 투지를 잃고 심하면 목숨마저 잃을 정도였다.

그것이 바로 마도지천이란 경지였다.

"마, 마도지천……."

탁경도의 아랫도리가 축축해지기 시작했다.

내공을 독고천에게 모두 건넨 그는 이제 그저 늙은 촌부에 불과했다.

순간, 독고천이 급히 마기를 거두었다.

그러자 탁경도가 숨을 거칠게 몰아쉬었다.

"괜찮으십니까, 스승님?"

"저는 괜찮습니다. 괜찮으십니까?"

탁경도의 걱정스런 물음에 독고천이 미소를 지으며 고

개를 끄덕였다.

"정말 감사합니다, 스승님."

어느새 탁경도의 몸은 왜소해져 있었고, 머리털은 듬성 듬성 빠진 백발이 되어 있었다.

그럼에도 불구하고 탁경도는 사람 좋은 미소를 지어 보였다.

"저는 괜찮습니다. 원래 사람은 늙으면 죽어야 하는 법이지요."

탁경도의 미소에는 세월의 허무함이 드러나 있어서 독고천의 가슴을 아프게 했다.

주위를 두리번거리던 독고천은 터져 나가 있는 의복 파편을 보고 자신의 몸을 훑어보았다.

복부의 상흔은 물론, 몸에 새겨져 있던 수많은 상처들이 없어진 것을 깨달았다.

또한 체격이 예전보다 훨씬 작아지고 단전 자체가 달라진 것을 깨달았다.

독고천은 문득 환골탈태라는 말이 떠올랐다. 소문으로 왕왕 전해져 오던 그 현상이 자신이 겪은 일과 모두 일치했다.

"스승님, 설마……?"

독고천의 물음에 탁경도가 뿌듯한 표정을 지으며 고개를 주억거렸다.

"예. 부교주님께서는 환골탈태를 겪으셨습니다. 속하는 구경도 못할 엄청난 경험을 한 것 같아서 한평생 잘살았다는 기분이 들더군요."

탁경도가 씨익 웃어 보이자 독고천은 아직도 믿기지 않는 듯 자신의 몸을 구석구석 살폈다.

잠시 운공을 하던 독고천은 엄청난 변화에 입을 다물지 못할 정도였다.

그 모습을 바라보는 탁경도의 표정은 흐뭇함이 가득했다.

이후 며칠 동안 독고천은 자신의 몸에 익숙해지기 위해 미친 듯 목검을 휘둘렀다.

그 무엇도 독고천의 일검을 버틸 수 있는 것이 없었다. 이제 절벽 따위는 얼마든지 올라갈 수 있을 것 같았다.

독고천은 정확히 일 주야 후 절벽을 올라가기로 정했다. 탁경도에게 얘기하자 마치 자신의 일마냥 좋아해 주었다.

"무슨 소리입니까, 스승님. 당연히 같이 가셔야죠."

독고천이 단호히 고개를 내저었다.

그러자 탁경도의 주름진 얼굴이 밝게 퍼졌다.

"그래도 되겠습니까? 늙은이가 부교주님의 발목을 잡을까 봐 걱정이 됩니다."

그렇게 일 주야가 흘러갔다.

*　　*　　*

"스승님, 일어나셔야 합니다. 오늘 드디어 절벽에서 벗어나는 날입니다, 스승님."

독고천이 동굴 안으로 들어서며 말했다.

그러나 묵묵부답이었다. 순간, 싸한 기운이 독고천의 등을 스쳐 지나갔다.

눈앞에는 탁경도가 가지런히 누워 있었다. 입가에는 작은 미소를 머금고 있었는데, 매우 평온해 보였다.

"스승님?"

독고천이 재차 물으며 탁경도에게 다가갔다.

그러나 탁경도는 숨을 쉬고 있지 않았다. 차가운 탁경도의 시신이 독고천을 맞이할 뿐이었다.

독고천이 급히 자신의 진기를 탁경도에게 주입했다.

일 할이 안 되면 이 할을 넣었고, 이 할이 안 되면 삼 할을 넣었다.

하지만 탁경도의 눈은 당최 떠질 줄을 몰랐다.

독고천은 무릎에 힘이 풀렸다.

땅바닥에 털썩 주저앉은 독고천이 탁경도의 몸을 쓰다듬었다.

"스승님."

그러나 탁경도는 입은 여전히 움직일 줄 몰랐다.

"스승님."

오직 미소만이 답변해 왔다.

"스승님…… 스승님!"

독고천의 절규가 울려 퍼지자 동굴이 들썩거리며 먼지가 떨어졌다.

어느새 독고천의 눈에서는 눈물이 흘러내려 땅을 적셨다.

소매로 눈가를 닦아 낸 독고천은 탁경도를 조심스럽게 들어 올렸다.

순간, 탁경도의 시신 아래 놓여진 서신 한 장이 눈에 띄었다.

매우 낡은 서신은 탁경도가 생전에 항상 간직하고 있던 것 같았다.

그것은 피로 쓰여진 서신이었다.

부교주님, 이제 제 삶의 목적은 끝난 듯합니다.

비록 혈마 님을 직접 뵙진 못했지만, 그래도 혈마 님의 후계자를 볼 수 있었으니 말입니다.

북해빙궁의 어리석음이 저와 부교주님을 만나게 해 주었으니, 그들의 행사가 괘씸한 한편, 고맙기도 합니다.

하지만 부교주님도 아실 겁니다. 마도의 길은 은원에 확실해야 한다는 것을 말입니다.
 짧은 기간이었지만 정말 즐거웠습니다.
 속하, 이만 줄이겠습니다.
 마도천하 만세.

 서신을 읽어 내려가는 독고천의 눈에서는 하염없이 눈물이 흘러내렸다.
 조심스레 서신을 갈무리한 독고천이 탁경도의 시신을 들고 동굴 밖으로 나갔다.
 그런 뒤, 잠시 바위 위에 탁경도의 시신을 올려놓고는 땅을 파 내려가기 시작했다.
 어느 정도 깊은 구덩이가 생기자 독고천은 탁경도의 시신을 조심스럽게 묻어 주었다.
 그리고 그곳에 묘비 하나를 만들어 세웠다.

 천마부묘(天魔父墓).

 '스승님, 스승님은 좌천된 상태에서도 충성을 잃지 않은 본 교의 자랑입니다. 부디 하늘에서만큼은 헤매지 않으셨으면 좋겠습니다.'
 독고천이 묘비에 대고 몇 번 절을 하고는 몸을 일으켰다.

어느새 사위는 어둠이 깔려 있었다.
독고천은 슬쩍 절벽 위를 올려다보았다.
지독히도 맑은 밤하늘이었다.

*   *   *

"부총관님, 기침하셨습니까?"
 방 안에서 아무런 대답도 없자 하인이 재차 문을 두들겼다. 하지만 여전히 아무런 기척이 없었다.
 혼날 것임은 당연했지만 새벽 회의에 늦을 수도 있기에 무례를 무릅쓰고 문을 조심스럽게 열었다.
 "부총관님, 새벽 회의에 늦으시면…… 헉!"
 하인의 경악하며 뒷걸음질쳤다.
 침대에는 부총관이 가지런히 누워 있었는데, 머리는 잘려진 채 천장에 매달려 있었다.
 부총관의 눈동자는 동그랗게 떠져 있었으며, 입에서는 피가 흘러내리고 있었다.
 때문에 침대와 바닥은 피로 물들어 있었다.
 그 참혹한 광경에 하인이 비명을 내질렀다.
 "으, 으아아악!"

 "이게 도대체 무슨 흉사란 말이오?"

중년인이 한숨을 내쉬며 탁자를 내리쳤다. 그러자 의자에 앉아 있던 다른 중년인들이 고개를 푹 숙였다.

그들도 당황스러웠다.

새벽 회의에 나와야 할 부총관의 모습이 보이지 않기에 하인을 보내서 불렀더니, 목이 잘린 채 죽어 있었다.

북해빙궁에 그 누가 쉽사리 침입하여, 그것도 무공 실력이 뛰어난 부총관을 조용히 단칼에 벨 수 있다는 말인가.

"부총관의 시신을 검사해 본 결과, 단칼에 잘린 것이었소. 그것은 명백한 고수의 솜씨였소이다."

"그건 알고 있습니다. 하지만 그 누가 있어 본 궁에 침입할 수 있다는 말입니까. 설사 눈보라를 뚫고 온다 해도 쉽사리 본 궁에 침입할 수는 없습니다. 진법과 함정뿐 아니라 부총관의 무공 또한 결코 낮지 않습니다. 아니, 그것보다 본 궁에 원한을 품을 만한 문파들조차 없습니다."

관충덕 장로가 언성을 높였다. 그는 북해빙궁의 사장로 중 한 명이었는데, 차디찬 한공이 담긴 검술을 구사하는 뛰어난 검객이었다.

하지만 강호에 나간 적이 없어서 명호조차 없는 북해빙궁 고유의 고수 중 하나였다.

본래 북해빙궁은 강호 진출을 하지 않았기에 알려진 고수들이 극히 드물었다. 그래서 뛰어난 무공을 지녔음에도 불구하고 강호에 알려지지 않은 인물들이 많았다.

관충덕 장로의 말에 옆에서 조용히 서류를 뒤적이던 이준양 장로가 고개를 내저었다.

"그것은 아니오. 본 궁이 강호 진출만 하지 않았다뿐이지, 적은 많소."

이준양 장로는 무공은 그리 뛰어나지 않았지만 총명한 지혜를 갖춘 이였다. 북해빙궁이 근래 들어 세력을 키울 수 있던 것도 모두 이준양 장로의 총명함 덕분이라 해도 과장이 아닐 정도였다.

자신의 말이 바로 반박당하자 관충덕 장로의 얼굴이 붉어졌다.

"압니다, 저도 알아요. 그런데 이렇게 대놓고 적대 행위를 해 올 만한 적을 둔 적이 없다는 겁니다!"

관충덕 장로의 말에 이준양 장로가 고개를 끄덕였.

일리가 없진 않았다.

강호 진출을 위하여 최대한 다른 문파들과의 다툼은 피했으니 말이다.

"그런데 총관은 어디 갔소? 이렇게 중요한 상황이 생겼는데 어디에 또 처박혀 있는 건지. 허참."

이준양 장로가 혀를 찬 지 얼마 지나지 않아 북해빙궁의 제자 중 한 명이 급히 방 안으로 들어섰다.

숨을 헐떡거린 그는 한겨울이 계속되는 북해의 날씨에

복수혈전(復讐血戰) 215

도 불구하고 땀을 흘리고 있었다.
"무슨 일이냐?"
 관충덕 장로가 인상을 찌푸리며 묻자 숨을 헐떡이던 제자가 다급히 말했다.
"초, 총관님이 돌아가셨습니다."
"뭐라?"
 관충덕 장로가 어처구니없다는 듯 되묻자 제자가 고개를 끄덕였다.
"총관님이 돌아가셨답니다. 부총관처럼 목이 잘려진 채 돌아가셨답니다."
"이런 빌어먹을!"
 쾅!
 화를 참지 못한 관충덕 장로가 탁자를 내려쳤다.
 그러자 순식간에 가루로 변하는 탁자.
 그로 보아 관충덕 장로의 웅후한 내력을 알 수 있었다.
"이게 도대체 무슨 일이냐! 부총관에 이어 총관마저 목숨을 잃다니! 흉수는 찾았느냐?"
 관충덕 장로의 말에 제자가 고개를 내저었다.
"아닙니다. 궁주님의 명령하에 본 궁을 폐쇄하였고, 지금 모든 제자들이 흉수를 찾기 위해 눈에 불을 켜고 돌아다니고 있습니다."
 그러자 관충덕 장로와 이준양 장로가 동시에 고개를 주

억거렸다. 본 궁을 폐쇄한다면 그 누구도 밖으로 나갈 수 없었다.

심지어 비밀 통로에도 고수들이 파견되기 때문에 몰래 나간다는 것은 불가능했다.

만약 적이 강행 돌파를 한다 해도 그 많은 진법과 고수들을 동시에 상대할 수는 없었다.

그들은 그렇게 믿었다.

"이런 젠장, 지금 궁주님은 어디 계시느냐?"

"소궁주님들과 함께 태궁(太宮)에 머물러 계십니다."

제자의 대답에 관충덕 장로가 고개를 끄덕였다.

"그렇지. 그곳이 가장 안전하지. 궁주님의 계획은 뭐라고 하시더냐?"

"아마 직접 흉수를 찾으시려는 것 같습니다."

"오, 궁주님께서 직접 나서신다면 조만간 흉수를 찾아낼 수 있겠군. 알았다. 나가 보아라."

"옛."

제자가 방을 나가자 관충덕 장로와 이준양 장로를 비롯한 다른 중년인들의 표정이 한층 밝아져 있었다.

그만큼 궁주의 힘은 절대적이었고, 궁주가 나선다는 의미는 모든 것이 무난히 풀릴 예정이라는 뜻과 동일했다.

"우린 회의나 합시다. 궁주님께서 직접 처리하신다고 하셨으니 조만간 일이 잘 풀릴 것입니다."

"당연하오. 괜히 우리 궁주님이겠소?"

"맞습니다."

그렇게 한결 차분해진 분위기 속에서 회의가 시작되었다.

그리고 한 시진이 지난 후,

그들은 모두 목이 잘린 채 회의장을 방문한 제자에 의해 발견되었다.

* * *

말 그대로 절체절명의 위기였다.

북해빙궁은 사장로 중 두 명을 비롯해 총관과 부총관을 잃었다.

그들은 북해빙궁을 지배하는 수뇌부였고, 북해빙궁을 지탱하는 기둥과도 같았다.

그런데 그러한 자들이 천혜의 요새라 할 수 있는 곳에서 흉수의 정체도 알지 못한 채 죽어 버린 것이었다. 아무런 증거조차 발견되지 않았다.

남은 거라곤 그들의 시체뿐이었다.

이러한 일은 북해빙궁 사상 유래없는 최악의 사건이었다.

그리고 북해빙궁의 존망이 걸린 일이기도 했다.

이대로 흉수가 발견되지 않은 채 사망자들이 늘어간다면, 북해빙궁은 멸문의 위기에 처할지도 몰랐다.
 자육천의 이마에 주름이 생겼다.
 그리고 그의 입에서는 연신 한숨이 흘러나왔다.
 총관과 부총관이 목숨을 잃었을 당시에는 흉수를 찾는다고 눈에 불을 켠 채로 돌아다녔다.
 그런데 이제 그러한 간단한 문제가 아니었다.
 흉수는 신출귀몰했고, 그 누구도 머리카락조차 발견하지 못한 상태였다.
 이러한 상황에서 궁주인 자신마저 당해 버린다면 북해빙궁은 모래성처럼 무너질 것이 당연했다.
 장로 두 명과 회의장에 있던 고수들을 단칼로 벤 실력으로 보아 최소 자신과 동급이었다.
 만약의 경우에는 자신보다 고수일 수도 있었다.
 그러나 자육천이 고개를 내저었다.
 '강호팔대고수와 절대오마를 제외하고는 있을 수 없지.'
 그러나 문득 강호의 유명한 구언(舊言) 중 하나가 자육천의 뇌리를 스쳐 지나갔다.

 ―강호에는 기인이사들이 모래알처럼 많다.

그랬다. 강호에는 은거기인들이 많았고, 이름이 알려지지 않은 고수들도 흘러넘쳤다.
 그리고 만약 은거기인 중 한 명의 심기를 건드려서 이런 일을 당할 수도 있는 것이었다.
 순간, 자육천의 뇌리에 설마 하는 생각이 떠올랐다.
 '강호절대삼인(江湖絶代三人)?'
 하나 자육천은 곧바로 고개를 내저었다.
 그들 중 두 명은 문파 내에서 나오지 않은 지 어언 오십여 년이 지났고, 한 명은 실종된 지 오십여 년이 넘은 상태였다.
 이름을 말하는 것조차 금기시될 정도로 그들은 강호의 영역을 한참 벗어난 자들이었다.
 고개를 내젓던 자육천이 현재 북해빙궁이 처한 상황을 다시 상기하고는 한숨을 내쉬었다.
 단순히 흥수를 잡아서 족치거나 죽인다고 하여 끝날 문제가 아니었다. 본때를 보여 주어야 했다.
 심란해진 제자들의 마음을 올바르게 잡아 두기 위해서라도, 북해빙궁을 건드리면 어찌 되는지 눈앞에서 보여 주어야 했다.
 "여봐라, 빙룡검을 내오거라!"
 자육천이 외치자 한 제자가 조심스럽게 빙룡검을 건네주었다.

자육천이 빙룡검을 내려다보았다.

화려한 검집 위로 은은한 한기가 연신 넘실거리고 있었다. 자육천이 근엄한 표정을 지은 채 빙룡검을 허리춤에 찼다.

그런데 그때, 제자 한 명이 태궁 안으로 뛰어 들어왔다.

"궁주님, 흉수가 발견되어 빙룡대(氷龍隊)와 접전 중이랍니다!"

빙룡대는 북해빙궁이 자랑하는 최강의 무력 부대였다.

절정고수 오십여 명이 펼치는 빙룡검진은 그 어떤 고수라 해도 뼈를 묻어야 할 만큼 무적이었다.

빙룡대의 고수들은 하나같이 한기를 내뿜고 있는 검을 사용했다.

그리고 그들의 검에서 흘러나오는 한기는 절진 안에서 한층 짙어졌다.

결국 빙룡검진에 의해 상대는 한기가 골수에까지 침입하여 뼈를 얼어붙게 만드는 무서운 절진이어다.

"오냐! 드디어 잡혔구나! 거기가 어디냐!"

"소태궁(小太宮) 앞이랍니다!"

제자의 말이 채 끝나기도 전에 자육천의 신형이 밖으로 쏘아져 나갔다.

"이, 이게 도대체······."

소태궁 앞에 도착한 자육천은 망연자실한 채 주위를 두리번거렸다.

 그의 표정은 경악에 가득 차 신음마저 흘러나오지 못했다.

 시산혈해.

 시체가 산처럼 쌓여 있었고, 피는 바다처럼 넘쳐흘렀다.

 모든 이들의 목이 잘려 있었다. 얼마 전까지만 해도 웃고 떠들며 정명 가득한 눈빛으로 자신에게 충성을 바치던 제자들이었다.

 하지만 그들의 잘린 목에서는 피가 흘러나오고 있었고, 몇 명은 알아보지도 못할 정도로 몸이 망가져 있었다.

 너무나도 처참한 모습에 오랜 시간 동안 강호를 떠돌던 자육천조차도 헛구역질이 올라올 정도였다.

 그리고 그 중심에 피로 칠해진 흑의를 입은 사내가 검을 뽑아 든 채 서 있었다.

 흑의사내의 얼굴에는 아무런 감정도 떠올라 있지 않았다.

 보통 살귀라면 냉혹하다든지 차가운 미소라는 것이 으레 있어야 했고, 복수를 하는 것이라면 증오라든지 분노라는 감정이 표출되어야 함이 옳았다.

 그러나 흑의사내의 표정에서는 당연하다는 듯한 감정만

이 흘러나오고 있었다.

흑의사내와 자육천의 시선이 허공에서 얽혔다.

"……독고천?"

자육천이 허탈한 듯 중얼거리자 흑의사내가 고개를 끄덕였다.

"오랜만이군, 북해빙궁 궁주."

자연스러운 하대에 자육천이 흠칫거렸다.

지난 일 년 전, 죽었다고 보고된 독고천이었다.

자신들도 한 짓이 있었기에 서류를 모두 파기해 버리고 쉬쉬했는데, 그랬던 자가 눈앞에 서 있는 것이었다.

이제 막 인형설삼을 통해 소궁주 중 한 명이 대성을 이루어 강호에 발을 내딛으려는 참이었다.

그런데 몰래 덮어 버린 줄 알았던 치부(恥部)가 다시 살아나 눈앞에 나타난 것이었다.

"어떻게 살아남은 것이냐?"

자육천의 물음에 독고천이 살짝 미소를 지었다.

그러나 일 년 전 보았던 활기차고 당당한 미소가 아니었다. 차갑고 냉혹한 미소였다.

살귀만이 지닐 수 있는 미소를 접하자 자육천의 몸에 절로 소름이 돋았다.

'살귀가 되었구나.'

자육천이 빙룡검을 뽑아 들었다. 그 순간, 독고천에게

서 흘러나오는 마기가 자육천의 몸을 짓눌러 왔다.

'결코 내 아래가 아니다!'

자육천이 빙룡검을 움켜쥐며 침음을 삼켰다.

그 모습에 독고천이 천천히 입을 열었다.

"본인은 천마신교의 대표로서 동맹을 위하여 귀 궁을 방문하였소. 하지만 귀궁 측에서는 본인의 무공을 폐하고 강제로 억압하였다. 고로……."

독고천이 검을 천천히 들었다.

"……본인이 직접 북해빙궁 궁주 자육천의 목을 베어 그 죄를 묻겠다. 이의 있는가?"

말이 끝나는 것과 동시에 독고천의 몸에서 숨 막힐 듯한 붉은 마기가 폭사되었다. 자육천은 이를 악물며 버티려 했지만, 그의 검은 미묘하게 떨리고 있었다.

"내 목만 가져간다면 모든 것이 끝나는 건가?"

자육천이 떨리는 목소리로 물었다.

그러자 독고천이 고개를 내저었다.

"본 교에는 이런 말이 하나 있지."

잠시 자육천을 바라보던 독고천이 천천히 입을 열었다.

"복수를 하려면 제대로 해라. 당한 상대가 너를 더욱 증오할 수 있도록."

순간, 자육천의 심기가 뒤틀렸다.

"네 이놈! 네놈이 얼마나 강하기에 그렇게 오만한 것이냐!"

"무슨 소리인지 모르겠군. 난 오만한 것이 아니라, 마도인으로서 판단할 뿐이다. 북해빙궁은 나를 억압하였고, 나는 그것에 대해 몇 배로 복수를 한다. 간단하지 않나?"

 자육천이 신음을 터뜨렸다.

 일 년 전만 해도 정중하고 당당한 무인의 모습을 보여 주었던 독고천이다.

 한데 도대체 지난 일 년간 어떤 일들이 있었기에 사람이 이렇게도 변한 것일까.

 물론 죄책감이 없잖아 있었다.

 그러나 그것은 잠시였고, 북해빙궁의 중흥을 위해 이내 잊어버렸다.

 그때의 작은 실수가 지금 커다란 재앙이 되어 자육천의 목을 죄어 오고 있었다.

 "더 이상 말로는 안 되겠구나."

 자육천의 검을 쥔 손에서 흔들림이 서서히 멎어갔다.

 그러자 독고천이 검을 들어 자육천을 가리켰다.

 묵직한 기운이 자육천을 짓눌렀다.

 주변을 둘러싼 북해빙궁의 제자들은 자육천의 제지로 인해 대기하고 있었다.

 자육천이 주위의 제자들을 둘러보았다. 저마다 병장기를 손에 쥔 채 독고천을 노려보고 있었다.

 그들은 흉수에게 분노를 토했고, 궁주가 흉수를 단칼에

박살 낼 것임을 전혀 의심치 않고 있었다.

순간, 자욱천의 신형이 쏘아져 나갔다.

그리고 빙룡검이 독고천의 목을 꿰뚫었다. 하지만 북해빙궁 제자들의 환성이 터지기도 전에 독고천의 신형이 흐릿해지더니 모습을 감췄다.

자욱천이 급히 뒤로 물러서며 검을 휘둘렀다.

까강!

두 자루의 검이 맞부딪치며 쇳소리를 토해 냈다.

순간, 묵직한 기운이 몸을 찌르르 울리자 자욱천은 참지 못하고 피를 토했다.

"크흑."

곧바로 독고천의 검이 자욱천의 허리를 베어 갔다.

검을 피해 자욱천의 몸이 허공으로 솟구치자 독고천의 검이 뱀처럼 치솟았다.

공중으로 뛰어오른 자욱천이 다리를 움켜잡으며 옆으로 뒹굴었다.

그런 뒤, 벌떡 몸을 일으킨 자욱천이 숨을 헐떡이며 검을 세웠다.

하지만 그의 상태는 이미 참담하기 그지없었다.

다리에서는 연신 피가 흘러내렸고, 벌어진 허리춤에서는 내장이 삐져나오려 하고 있었다.

무명검객(無名劍客)의 단 삼 검에 북해빙궁의 지존이자

북해빙왕이라 불리는 자육천이 처절하게 유린당하고 있었다.

그 모습에 제자들의 입은 다물어지지 않았다.

항상 패도적인 모습을 보여 주던 궁주의 모습이 오늘따라 그렇게 초라해 보일 수 없었다.

당장에라도 나서고 싶었지만, 궁주의 단호한 눈빛에 발을 동동 굴렀다.

숨을 헐떡이며 독고천을 노려보던 자육천이 자신의 몰골을 훑어보더니 쓴웃음을 지었다.

"피를 흘리는 것이 얼마 만인지. 그동안 본 궁의 이름을 높여 보겠다고 그것에만 열중했지. 하루하루 무공에 미쳐 있던 젊은 날들보다 확실히 요 근래 무공 수련을 덜 했어. 그리고 결국 그 죗값을 받게 되는군."

"아니."

독고천이 고개를 내저었다.

자육천이 의아한 듯 바라보자 독고천이 입을 열었다.

"스스로 정당화시키지 마라. 네가 나를 짓밟았고, 다시 일어선 내가 너를 짓밟으러 온 것뿐이다. 무공 수련을 덜한 죗값이라고? 우습군."

독고천의 냉정한 대답에 자육천은 아무 말도 하지 못했다.

순간, 독고천의 몸에서 붉은 마기가 넘실거리며 허공에

넘실거렸다.

그러자 주위에 있던 제자들이 마기에 의해 정신을 잃고 쓰러졌다.

자육천은 독고천에게서 흘러나오는 붉은 마기로 인해 피부가 따끔거리는 것을 느끼고는 경악했다.

'마도지천이구나. 말로만 들어오던 마도지천이야……'

그 순간, 자육천의 투지는 꺾이고 말았다.

힘없이 꿇고 마는 두 무릎.

독고천의 검이 휘둘러지는 것과 동시에 자육천의 머리가 허무하게 땅에 떨어졌다.

촤아아.

머리를 잃은 자육천의 목에서 피분수가 뿜어져 나와 바닥을 적셨다.

제자들은 망연자실한 채 그 자리에 철푸덕 주저앉아 버렸다.

그들도 느끼고 있었다.

자신들 모두가 덤벼든다 해도 저 검객 한 명을 이길 수 없다는 것을.

독고천이 천천히 주위를 둘러보았다.

예전 자신이 불태웠던 무고가 멀쩡히 세워져 있었다. 독고천은 무고로 천천히 걸음을 옮겼다.

제자들은 엄청난 독고천의 기세에 눌려 옆으로 비켜설

수밖에 없었다. 그들에게 투지는 이미 사라져 버린 지 오래였다.

만약 자육천의 전성기 때였다면 모든 이들이 죽음을 각오하며 독고천에게 덤벼들었을지도 몰랐다.

그러나 지금은 아니었다.

북해빙궁의 이름을 드높이는 데 열중한 나머지 가르침에 대해 소홀해지고 말았기에 그들의 충성심은 바닥에 떨어질 대로 떨어진 상태였다.

독고천이 무고를 올려다보았다.

한 번 탔던 흔적을 제외하고는 멀쩡했다.

독고천이 주위를 두리번거리다 화염봉(火焰棒)을 뽑아들었다.

화르르.

화염봉 끝에 맺힌 불꽃은 여전히 맹렬히 타오르고 있었다.

독고천이 화염봉을 무고에 가져다 댔다.

순간, 무고에 거침없이 불이 붙기 시작했다.

그러자 독고천이 무고 옆에 서 있는 전각으로 발걸음을 향했다.

그리고 이번에도 화염봉을 전각에 들이댔다.

머지않아 전각도 불타오르기 시작했다.

그제야 무력함에 주저앉아 있던 제자들이 소리를 내지

르며 덤벼들었다.

"저놈을 죽이자! 궁주님의 원수를 죽이자!"

그러나 독고천의 검은 무자비하게 움직였다.

달려오던 세 명의 제자의 머리가 일검에 떨어졌고, 이검째에 그 뒤에서 달려오던 제자의 머리가 터져 나갔다.

삼검에 창을 들고 있던 제자의 몸통이 두 동강나 버렸고, 사검에 쌍검을 휘두르던 제자의 다리가 잘려 나갔다.

마지막 오검째에는 바닥이 폭발하더니 파편이 튀어 나가며 수많은 제자들의 몸을 꿰뚫었다.

그리고 고요함이 북해빙궁을 뒤덮었다.

북해빙궁의 제자들은 피눈물을 흘리며 자신들의 무력함을 저주했다.

"네놈의 이름이 대체 무엇이냐!"

제자들 중 우두머리로 보이는 자가 외치듯 묻자 독고천이 그를 쳐다보았다.

좀 전의 악귀와도 같던 모습과 달리, 독고천의 눈빛은 매우 고요했으며 깊었다. 그에 제자는 다리에서 힘이 풀리며 바닥에 풀썩 주저앉았다.

그리고 제자의 아랫도리가 축축해지기 시작했다.

독고천은 덤덤히 그 제자를 바라보았다. 제자는 창피함에 혀를 깨물고 죽고 싶었지만, 이를 악물고 참았다.

그 모습에 독고천이 입을 열었다.

"……독고천. 그것이 내 이름이다."

독고천의 말에 제자는 그의 이름을 되새기며 머릿속에 새겨 넣었다.

"그런데 자운룡은 어디 있지?"

독고천의 말에 제자가 잠시 멍하니 그를 바라보았다. 그리고는 역시나 하는 표정을 짓더니 이를 갈며 외쳤다.

"그놈은 본 궁의 소궁주라는 본분을 잊고 첩자와 결탁하였다던데, 그 첩자가 바로 너였구나!"

"설마 죽었나?"

독고천의 물음에 제자가 고개를 끄덕이며 이죽거렸다.

"본 궁은 배신자를 용납하지 않는다!"

순간, 독고천의 눈가가 살짝 흔들렸지만, 이내 평정심을 찾았다.

"시체는 어디에 묻었나?"

"시체 따위는 찾을 수도 없을 것이다!"

제자의 악에 받친 대답에 독고천이 고개를 주억거리며 주위를 훑어보았다.

온통 피바다에 사방에 깔린 시체들.

멀리 보이는 산맥 위에 쌓여 있는 눈들이 오늘따라 새하얗게 느껴졌다.

독고천이 담담히 입을 열어 쓸쓸함이 담긴 음성을 토해 냈다.

"무정강호(無情江湖)라……."

* * *

강호의 많은 문파들이 이를 갈았다.

많은 문파들이 북해빙궁의 중원 진출에 많은 비용을 투자했다.

그만큼 북해빙궁의 잠재력은 매우 대단한 것이었으며 그에 걸맞게 고수들이 즐비했다.

그렇기에 북해빙궁과의 연줄을 이용하여 출세해 보려는 중소 문파들이 매우 많았다.

그런데 이게 웬걸.

북해빙궁이 말 그대로 봉문해 버린 것이었다.

많은 중소 문파들이 항의를 해 왔지만, 북해빙궁은 묵묵부답이었다.

결국 몇몇의 문파는 빚 독촉에 시달려 무너지기도 했다.

많은 소문들이 나돌았지만 북해빙궁은 침묵을 유지했고, 결국 그 누구도 진실을 알아낼 수 없었다.

북해빙궁은 많은 소문들을 껴안은 채 자취를 감췄다.

* * *

객잔 안은 고요했다.

손님은 한두 명이 전부였고, 그들조차 조용히 구석에 앉은 채 식사를 하고 있었다.

흑의를 입고 있는 사내는 허리춤에 검이 매여져있는 것으로 보아 무림인이 틀림없었다.

그는 젓가락으로 만두를 집어먹고 있었다.

그렇게 무심히 만두를 우물거리던 중 건너편에 앉아 있던 회의사내가 성큼성큼 다가왔다.

회의사내의 옷은 성한 곳이 없을 정도로 여기저기 찢어져 있었고, 그의 몸에서는 쉰내가 풍겨 왔다.

그리고 허리춤에 매여 있는 검집은 먼지로 뒤덮여 있어 손질을 안 한 지 좀 된 것 같았다.

"형씨."

회의사내가 거침없이 흑의사내 앞에 앉았다.

만두를 우물거리던 흑의사내와 회의사내의 눈이 허공에서 마주쳤다.

순간, 회의사내가 씨익 웃었다.

"좋은 눈을 가지고 있군. 자네와 같은 검객을 만난 것이 얼마 만인지 모르겠어. 한판 뜰까?"

회의사내가 턱짓으로 밖을 가리켰다.

무례한 요구에 성을 낼 법도 하건만, 흑의사내는 무심

히 만두를 우물거리고는 삼켰다.

그리고 차를 홀짝였다.

그 모습에 회의사내의 미소가 더욱 짙어졌다.

차를 홀짝이던 흑의사내가 찻잔을 탁자에 올려놓았다.

탁.

그와 함께 갑자기 탁자가 뒤집어졌다.

신기하게도 만두가 담겨 있던 접시는 옆의 탁자로 옮겨졌고, 뒤집어진 탁자는 회의사내를 덮쳤다.

순간, 회의 사내의 몸이 솟구쳤다.

스릉.

그와 동시에 회의사내의 검이 뽑혔다.

"호오, 좋은 수법이야, 좋은 수법! 간다!"

갑자기 회의사내의 검이 흑의사내의 몸을 찔러 갔다. 흑의사내도 검을 뽑아 들고는 맞부딪쳤다.

까앙!

묵직한 소리와 함께 두 사람이 동시에 피를 토했다.

"쿨럭."

"컥."

그리고 동시에 뒤로 물러섰다.

하나 곧바로 다시 서로를 향해 검을 휘둘렀다.

단순무식한 검로가 연신 펼쳐졌다.

검로는 정확히 상대방의 급소를 노리고 있었다.

잠시라도 실수한다면 당장 목이 꿰뚫릴 만한 위태로운 공격들이 연신 펼쳐졌다.

파파팟.

회의사내가 탁자를 밟고 흑의사내에게 쏘아져 나갔다.

흑의사내가 왼발로 의자를 걷어찼다.

의자가 날아들자 회의사내가 거침없이 검을 휘둘렀다.

팍!

의자가 박살 났다.

그리고 그 사이로 흑의사내의 검이 찔러 왔다. 회의사내는 웃음을 터뜨리며 검을 쳐 냈다.

"하하하! 형씨, 정체가 뭐야?"

질문과 동시에 회의사내의 검이 흑의사내의 다리를 베었다. 흑의사내가 살짝 다리를 들어 피하고는 검으로 탁자를 내려쳤다.

순간, 탁자가 박살 나며 나무 파편들이 회의사내에게 쏘아져 나갔다.

회의사내는 함박웃음을 지으며 나무 파편들을 쳐 냈다.

"오오, 암기라니."

순간, 흑의사내의 검이 파편 사이로 회의사내의 이마를 꿰뚫었다.

그러자 회의사내는 뒤로 몸을 젖혀 오른발로 흑의사내의 복부를 걷어찼다.

다시 흑의사내가 검병으로 오른발을 간단히 쳐 내고는 검으로 회의사내를 내리찍었다.

회의사내가 기괴한 움직임을 보이며 옆으로 몸을 튕겼다.

내려쳐진 검은 허무하게 바닥을 찍었다.

쾌직.

그사이 회의사내는 무사히 바닥에 안착했다.

먼지를 뒤집어쓴 채 회의사내는 싱글벙글 웃었다.

"난 마동진이라 한다."

그러고는 검을 검집에 집어넣었다.

마동진은 이를 내보이며 헤벌쭉 웃더니 흑의사내를 손가락으로 가리켰다.

"그리고 난 형씨가 마음에 든다!"

흑의사내가 잠시 멀뚱히 마동진을 바라보더니, 검을 검집에 집어넣었다.

"난 독고천이다."

그리고 다시 의자에 앉더니 입을 열었다.

"그리고 난 당신이 마음에 들지 않는다."

독고천은 말을 끝내고는 옆으로 던져 놓았던 만두를 집어 먹었다. 그 모습에 마동진이 웃음을 터뜨렸다.

"하하하하!"

마동진은 독고천의 맞은편에 앉아 만두를 집어 먹었다.

잠시 우물거리던 마동진이 다시금 이를 내보이며 헤벌쭉 웃어 보였다.
 마동진의 이 사이에는 만두피가 껴 있어서 매우 우스워 보였다. 그 모습에 독고천이 피식 웃었다.
 그러자 마동진이 신난 표정을 지었다.
 "어? 형씨, 웃었네? 지금 웃었지!"
 마동진이 신난 듯 떠들기 시작했다.
 "뭐, 처음에 시비 건 것은 미안해. 하지만 멋진 눈빛을 가진 검객을 내버려 두고 가기엔 내 자존심이 허락하지 않았지. 그리고 형씨도 강호에 굴러먹은 지 좀 되어 보이니 알 거 아냐. 약한 놈은 죽게 되어 있어. 만약 형씨가 약했다면 내 일검에 죽었겠지. 하지만 형씨는 나와 맞먹는 솜씨를 보여 주었고, 내 마음에 쏙 들었어. 난 형씨와 친구가 되고 싶은데, 어때?"
 마동진이 눈빛을 반짝거리며 물었다.
 무심한 표정으로 만두를 우물거리던 독고천이 피식 웃었다.
 "그걸 말이라고 하는 건가?"
 "당연하지. 형씨도 나와 같은 친구를 둬서 나쁠 게 없을 거라 보는데? 나 이래 봬도 검 좀 쓴다고."
 "막무가내랑 친구를 해서 좋을 것은 없다고 보는데?"
 독고천이 단호히 말하자 마동진이 킬킬거렸다.

"맞지, 맞아. 하지만 난 형씨가 마음에 들었단 말이야. 나도 진지할 땐 진지하다고."

마동진이 진지한 눈빛으로 독고천을 바라보았다. 그러나 그것도 잠시. 마동진이 참고 있던 웃음을 터뜨렸다.

그러나 독고천은 동전 몇 닢을 탁자에 올려놓고는 망설임없이 일어섰다.

혼자서 웃고 있는 마동진을 내려다보던 독고천이 무심히 말했다.

"미안하지만 꺼져 주게."

그 말에 마동진이 웃음을 멈추더니 몸을 벌떡 일으켰다.

"형씨와 난 언젠가 다시 만나게 되어 있어. 강해지다 보면 결국 끝에서 만날 거야. 만약 그때까지 살아남는다면 말이야. 친구가 될 수 없다면 적으로 만나겠지."

그러고는 마동진은 뒤도 돌아보지 않은 채 손을 흔들면서 모습을 감추었다.

독고천은 마동진의 뒷모습을 바라보다가 자신의 손을 내려다보았다.

아직까지 얼얼한 느낌이 선명했다.

'마동진이라……'

독고천이 슬쩍 옆을 바라보았다. 어느새 점소이가 옆에 서서 쭈뼛거리고 있었다.

"저, 손님."

독고천이 말해 보라는 듯 쳐다보자 점소이가 힘겹게 말을 꺼냈다.

"수리비는 주셔야……."

점소이에게서 투철한 직업 정신을 느낀 독고천은 동전 몇 닢을 손에 쥐어 주었다.

그러자 점소이가 더욱 쭈뼛거렸다.

"다섯 냥은 더 주셔야……."

순간, 독고천과 점소이의 시선이 허공에서 얽혔다.

점소이가 침을 삼키는 소리가 객잔 내에 퍼졌다.

결국 독고천이 동전 다섯 냥을 점소이의 손에 다시 쥐어 주었다.

그러자 점소이가 고개를 정중히 숙였다.

"감사합니다. 또 오십시오, 손님."

"이곳에서 하룻밤 머물 생각이다."

독고천의 대답에 점소이가 뜨악 하는 표정을 지어 보였다. 금방 가 버리는 손님이라면 어차피 다시는 안 볼 테니까 상관없지만, 숙박을 한다면 최소한 하루 이상은 봐야 했던 것이다.

"어떤 방으로 모실깝쇼?"

"가장 저렴한 방."

"예, 따라오십쇼."

점소이가 허름한 방으로 독고천을 안내했다.

독고천은 안으로 들어가 침대 위에 앉았다.

그러자 점소이가 머뭇거리며 물어 왔다.

"뭐, 더 필요하신 거라도 있으신가요?"

하지만 독고천은 아무 말 없이 가부좌를 틀고 눈을 감았다. 그 모습에 점소이가 쫓기듯 밖으로 나왔다.

무림인이 운공을 하는 중에는 얼마나 성깔이 날카로운지 점소이는 많이 겪어 보아서 잘 알았다.

방문을 닫은 점소이가 급히 어딘가로 내려갔다.

점소이는 주방 쪽으로 향하다가 조심스럽게 무릎을 꿇고는 바닥을 손바닥으로 훑었다.

순간, 바닥에 숨겨 있던 비밀 문이 모습을 드러냈다.

그 안으로 들어서자 통로 하나가 펼쳐졌다.

어두컴컴하고 기다란 통로였다.

통풍이 되지 않은 듯 퀴퀴한 흙냄새가 진동했고, 덥고 습했다.

점소이는 땀을 뻘뻘 흘리며 통로를 걸어갔다.

얼마나 지났을까.

통로의 끝에 도착한 점소이는 계단을 올라 천장을 두들겼다.

똑똑.

얼마 지나지 않아 천장이 열렸다.

그리고 살집이 있는 백의사내가 점소이를 반겼다.
"고생했어, 마동진은 어디로 갔냐?"
점소이는 소매로 땀을 닦아 내리며 계단에 올라섰다.
"그게 중요한 게 아니야."
점소이의 대답에 백의사내가 고개를 갸웃거렸다.
그러자 점소이가 급히 종이를 찾아 서신을 작성하기 시작했다.
그 모습에 백의사내가 재촉하듯 물었다.
"도대체 무슨 일인데 그래? 마동진이 죽기라도 했나?"
"아니, 더 엄청난 소식이야."
점소이는 여전히 다급하게 서신을 써 내려가며 답했다.
그러자 백의사내가 답답하다는 듯 점소이를 잡아 당겼다. 점소이의 표정은 매우 상기되어 있었다.
"도대체 뭔 일인데 그래!"
"마동진과 호각을 다툰 놈이 나타났어!"
"뭐?"
"마동진하고 맞먹는 놈이 나타났다고!"
점소이의 외침과도 같은 말에 백의사내가 헛웃음을 내뱉으며 되물었다.
"그러니까, 강호 사상 최강의 낭인이라 불리는 쾌잔낭왕 마동진하고 호각을 다툰 놈이 있다고?"
"그래!"

점소이가 고개를 끄덕이자 백의사내가 비웃듯 말했다.

"하지만 엄연히 강호팔대고수도 있고, 절대오마도 있으며, 오십 년째 은거한 그들도 있지. 또 강호에 기인들이 얼마나 많은데 호들갑을 떨어? 그놈하고 맞먹을 놈들은 충분히 많아."

"그래, 네 말도 맞아. 하지만 아예 처음 보는 놈이었어."

"처음 보는 놈이 확실해?"

백의사내가 의심스럽다는 듯 묻자 점소이가 연신 고개를 끄덕였다.

"검을 쓰는 놈이었는데, 체격은 그냥 적당했어. 그냥저냥 무공을 익히지는 않은 듯 보였어. 그런데 마동진 놈이 시비를 걸었지. 그놈 성격 알잖아, 만날 시비 걸고 다니는 거. 그래서 '아, 또 한 놈 박살 나는구나' 했는데, 맞먹었다니까?"

점소이가 흥분한 듯 말하자 백의사내가 답답한 듯 자신의 가슴을 두드렸다.

"차근차근 말해 봐! 흥분하지 말고."

백의사내의 말에 점소이가 심호흡을 몇 번 하더니 말을 이어 나갔다.

"표정 변화가 별로 없었고, 허례허식 같은 것은 일체 없었어. 그것으로 보아 분명 정파의 제자는 아니었어. 그리고 마동진 놈과 붙을 때 공격 방법을 보면…… 말 그대로 적절했다고 해야 하나? 굳이 형식에 얽매이지 않는 수법이었어. 의자를 찬다든지 탁자를 뒤집어서 공격한다든지 하는 거 말이야."

"의자를 차고 탁자를 뒤집어서 공격했다고?"

"그래. 그런데 마동진 놈이 꼼작도 못했다니까. 알잖아, 그놈은 모래까지 뿌려가면서 공격하는 비열한 놈인 거. 그런데도 그놈이 꼼작도 못하고 정공만을 구사했다니까."

점소이의 설명에 백의사내가 혀를 찼다.

"그게 사실이라면 대단한 놈이군. 그래서, 어디 놈 같아?"

"아직 모르겠어. 그러나 하나 눈여겨봐 둔 것이 있는데, 검집 문양이야. 생긴 것이 좀 독특했거든. 우선 상부에 보고해 보고 그러한 놈이 있는지 알아보자고."

점소이의 말에 백의사내가 고개를 끄덕였다.

그러다가 갑자기 백의사내의 얼굴이 허옇게 질려 버렸다.

그러자 점소이가 의아한 듯 물었다.

"왜 그래?"

"……설마 검집 문양이 일그러진 구름 문양이 그려져 있었냐?"

"어, 맞아! 어떻게 알았어?"

백의사내가 식은땀을 흘리며 점소이의 뒤를 가리켰다.

그러자 점소이가 뒤를 돌아보았고, 동시에 헛바람을 삼켰다.

점소이가 말을 더듬었다.

"헉! 여, 여길 어떻게?"

"길이 있기에 왔다."

그곳에는 독고천이 무심한 표정을 지은 채 서 있었다.

백의사내와 점소이가 뒷걸음질쳤다.

점소이는 이미 독고천의 무위를 본 후였기에 대항할 생각조차 못했고, 백의사내 또한 그 무위를 귀로 들은 후였기에 대항할 엄두도 나지 않았다.

"여긴 어디지?"

第七章

총타복귀(總舵復歸)

독고천의 물음에 점소이가 땀을 흘리며 답했다.
"하, 하오문(下午門)입니다."
"하오문?"
"예, 잡다한 정보를 취급하는 문파입니다."
점소이의 말에 독고천이 고개를 끄덕이다 문뜩 백의사내를 쳐다보며 말했다.
"허튼짓하면 목이 남아나지 않을 거다."
순간, 상부로 신호를 보내려던 백의사내가 식은땀을 흘리며 종으로부터 손을 거두었다.
"정보를 취급하는 문파라고 하니까 말인데, 몇 가지 정보를 알았으면 하는데 말이지."

독고천의 말에 점소이가 고개를 연신 끄덕였다.

"할 수 있는 데까지 알려 드리겠습니다."

그런데 순간 독고천이 고개를 내저었다.

"아니군. 생각해 보니 필요가 없어졌어."

"왜, 왜 그러십니까?"

갑자기 독고천의 몸에서 붉은 마기가 흘러나오자 점소이와 백의사내가 당황했다.

"워, 원하시는 모든 정보를 알려 드리겠습니다!"

"아니, 그냥 내가 알아보도록 하지."

순간, 독고천은 검을 뽑아 점소이와 백의사내의 머리를 베었다.

그들의 머리가 힘없이 바닥에 떨어지고 피가 바닥을 적셨다.

독고천은 조용히 주위를 살펴보았다.

정보를 아는 것도 좋지만, 그 정보를 누군가 원한다는 것을 알게 된다면 아무리 하찮은 일이라도 한 번 더 보게 되는 것이다.

그렇기에 독고천은 직접 찾기로 마음먹은 것이었다.

알려져서 좋을 것 없는 정보였으니 말이다.

독고천은 그렇게 하오문의 감숙 분타에 있는 모든 정보를 훑어보았다.

감숙 분타는 지어진 지 얼마 되지 않아 규모가 작았다.

그렇기에 단 두 명만이 감숙 분타의 총원이었던 것이다.

하지만 독고천은 예상외로 유용한 정보들을 많이 얻을 수 있었다.

그중 하나의 문구가 독고천의 눈에 들어왔다.

천마신교(天魔神敎) 내전(內戰).

      *   *   *

어떠한 침입자도 허락하지 않겠다는 듯 거대한 대문이 굳게 닫혀 있었다. 주변에는 항상 서 있던 문지기들도 보이지 않았다.

거칠면서도 힘이 넘치는 필체로 쓰여진 현판만이 독고천을 반겼다.

천마신교(天魔神敎).

약 이 년 만이었다.

이 년이란 세월이 흘렀음에도 불구하고 거대한 현판은 하나도 변하지 않았다.

독고천이 대문에 다가가자 무언가가 눈에 띄었다.

대문에 서신이 한 장 붙어 있는 것이었다.

현재 본 교는 사정상 방문객을 받지 않음.
무단 침입 시 즉사.

오만방자한 말이었지만, 천마신교라면 충분히 그럴 자격이 있었다.
그만큼 천마신교는 강했다.
하지만 지금 천마신교는 내전을 겪고 있었다.
그렇기에 독고천은 기회라고 생각했다.
난세는 영웅을 만든다고 하지 않던가.
고로, 고수 한 명이 절실할 것이다.
거기다 사라진 줄 알고 있던 고수가 다시 나타난다면 손을 들고 환영할 것이 분명했다.
말 그대로 천마신교의 내전은 독고천의 복귀 시기로는 최적이었던 것이다.
독고천이 힘주어 대문을 열었다.
끼이익.
대문이 천천히 열리기 시작했다.
그리고 그와 동시에 암기가 날아왔다.
독고천은 순식간에 검을 뽑아 들어 암기를 쳐 냈다. 순간, 묵직하면서도 낮은 음성이 울려왔다.

"누구냐!"

"독고천이라 하오."

잠시 동안 정적이 흘렀다.

"본 교에 소속되어 있나?"

독고천이 고개를 끄덕이며 품속에서 무언가를 꺼냈다.

흑색의 명패였는데, 그 순간 아무것도 없는 허공에서 두 명의 사내가 모습을 드러냈다.

두 명의 사내는 바로 부복하며 말했다.

"대인을 뵙습니다. 교주님을 따르시는 겁니까, 아니면……."

그들의 물음에는 은연 중 살기가 흘러나오고 있었다.

만약 자신들이 원하지 않는 대답을 한다면 당장에라도 목숨을 뺏겠다는 모습이었다.

독고천이 명패를 품 안에 집어넣으며 이죽거렸다.

"당연히 나는 교주님에게 충성을 맹세했지. 그리고 그 빌어먹을 살기를 거두지 않으면 지금 당장 죽여 줄 수도 있다."

독고천의 몸에서 붉은 마기가 폭사되자 두 사내가 신음을 내뱉으며 식은땀을 흘렸다.

그리고 그들은 하늘에 감사했다.

이 사내를 베어야만 하는 상황에 처했다면, 오히려 자신들이 고혼(孤魂)이 되어 버리고 말았을 테니 말이다.

"대인을 모시겠습니다."

* * *

단상 위에 청의를 깔끔하게 차려입은 사내.

그의 주위에는 마기를 풍기는 사내들이 부복해있었다.

청의사내는 매우 젊어 보였음에도 자색 마기를 짙게 풍기고 있었다.

얼핏 보면 투박하게 생긴 사내였다.

그러나 눈밑이 어두워 보이는 것만 제외하면 남자다운 미남이었다.

그가 바로 천마신교의 교주, 흑제 노전득이었다.

장공의 고수인 그가 펼치는 흑묵룡장(黑墨龍掌)은 정파인들에게 있어 공포의 대상이었다.

흑색의 용이 모든 것을 휩쓸어 버리는 흑묵룡장은 천마신교 내에서도 첫손가락에 꼽힐 정도로 강력한 파괴력을 자랑했다.

그때, 단상 앞으로 한 흑의사내가 들어섰다.

사내의 몸에서는 붉은 마기가 은은히 흘러나오고 있었다.

흑의사내가 부복했다.

"속하 독고천, 북해빙궁에서의 일을 마치고 복귀하였습

니다. 지연 복귀에 대한 벌은 달게 받겠습니다."

노전득은 물끄러미 독고천을 내려다보았다.

독고천은 고개를 숙인 채 부복하고 있는 상태에서도 노전득의 시선을 느낄 수 있었다.

노전득이 흐뭇한 듯 고개를 끄덕였다.

"추영독이 키웠다고 들었다."

"예. 하지만 충성은 교주님께 하였습니다."

독고천의 말에 노전득이 고개를 주억거렸다.

"추영독 놈에게 고마워해야겠군. 이런 절정고수를 키워 본좌에게 보내주었으니 말이야. 지금 현재 본 교가 처한 상황을 알고 있나?"

"예. 오면서 들었습니다."

"그래, 알고 있다니 다행이군. 지금 분타 대부분이 추영독 놈에게 넘어간 상태야. 우리는 확실히 불리한 입장에 있지. 그런데 북해빙궁에 대한 소식을 들었는데 말이지……."

노전득이 궁금하다는 듯, 그리고 흥미롭다는 듯 독고천을 내려다보았다.

독고천이 고개를 끄덕였다.

"예. 북해빙궁 측에서 인형설삼을 노리고 제 단전을 뽑아 무공을 폐했습니다. 이후 감옥에 갇혀 있다가 이렇게 도망쳐 나왔습니다, 교주님."

"아, 그래. 인형설삼 건은 외총관에게 들은 적이 있었지. 고수 한 명이 생겼다고 싱글벙글하더군. 한데 용케 도망쳐 나왔어. 무공도 용케 되찾았고 말이야. 북해빙궁 봉문이 설마 자네와 관련이 있는 건가? 본 교의 정보 조직은 현재 마비 상태라서 말이지. 자네를 구하고 싶었지만 내전이 벌어진 탓에 그럴 여유가 없었네."

"본 교의 가르침에 따라 속하가 북해빙궁 궁주의 목을 베었습니다."

순간, 주위에 부복해 있던 사내들의 입에서 탄성이 터져 나왔다.

북해빙궁의 궁주가 북해빙왕 자육천임을 알기에 그런 것이었다.

그가 누구던가.

북해 최강의 고수라 불리던 이였다.

또한 북해빙궁이 가지고 있는 잠재력은 경악할 만한 수준이었다.

그런데 그런 곳의 지배자가 눈앞의 평범한 체격을 지닌 사내의 검 아래 목숨을 잃은 것이었다.

"그래, 잘했군. 그 주위의 고수들이 가만히 있지 않았을 텐데?"

"전 암형대 살수 출신입니다. 궁주의 목을 베기 전에 이미 주축 고수들을 암습했습니다, 교주님."

살수 출신이라는 말에 노전득이 탄성을 내질렀다.

"오호, 그렇군. 그래서 살아남을 수 있던 것이야. 그래, 오랜 여행으로 노고가 쌓였을 텐데, 방에서 쉬고 있게나."

"존명."

독고천이 방 밖으로 나가자 사내들이 한마디씩을 던졌다. 그들의 목에는 핏대가 서 있었다.

"이건 추영독 놈의 함정입니다!"

"갑자기 저런 절정고수가 나타날 리가 없잖습니까!"

"쳐 내셔야 합니다, 교주님!"

조용히 사내들의 말을 듣고 있던 노전득이 손을 들어 올렸다. 그러자 사내들이 입을 다물었다.

노전득은 주위를 살펴보았다.

"저 녀석이 본 교에 들어왔을 때부터 본좌는 쭉 지켜보았네. 추영독 놈은 지금 이 순간을 바라보고 고수들을 키웠네. 본좌는 그중 가장 뛰어난 세 명의 인재가 추영독 놈의 손아귀에 있는 것을 알고 있었다네. 그중 두 명은 이미 추영독 놈 쪽의 주축 고수가 되어서 본좌를 괴롭히고 있지. 그런데 그중 최고의 인재는 항상 말썽쟁이였네. 인형설삼을 먹질 않나. 실종이 되어 몇 년간 없어지지를 않나. 그러던 중 이번에도 실종이 되었지. 북해빙궁으로 동맹서를 전한 후에 말이야. 고로, 저 녀석은 추영독 놈의 입김이 닿지 않았을 만한 유일한 녀석이라는 것이네."

노전득이 목이 타는지 차를 홀짝인 후 말을 이어 나갔다.

"그리고 저 녀석에게서 흘러나오는 마기를 느낀 사람 있나? 저건 분명 혈마 선배의 마기라네. 본좌가 비록 추영독 놈에게 뒤통수를 맞았지만 눈까지 새 눈이 된 것은 아니지. 저 녀석은 우리에게 큰 도움이 될 걸세."

노전득의 말에 사내들이 고개를 주억거렸다.

분명히 방금 나간 저 녀석은 말썽쟁이였다.

인형설삼 건으로 많은 돈을 물게 하였고, 어떤 직책을 맡기려 하면 실종되곤 했다.

그리고 이번에도 북해빙궁 동맹서를 전하러 갔지만, 인형설삼 건 때문에 감금되었다고 하지 않았는가.

그런데 실종된 후 돌아올 때마다 고수가 되어 나타나니, 벌할 수도 없었다.

정파의 무공도 아니고, 마공으로서 강해진 것이니 말이다.

독고천이 마룡지체를 타고났다는 것은 모두가 알고 있었다.

기밀 사항이었지만, 이 자리에 모인 이들은 그 정도의 정보는 취급할 수 있는 자격이 있었다.

말 그대로 강자를 우대하는 천마신교였으니 말이다.

또한 그런 율법이 독고진에게는 전화위복이 된 셈이었다.

아직 확실하진 않지만 북해빙궁의 주축 고수들의 목을 베고, 궁주의 목을 베어 온 절정고수였다. 심지어 북해빙궁이 봉문을 선택한 가장 큰 이유일 수도 있었다.

정확한 조사는 차차 해 봐야겠지만, 시기가 일치했다.

노전득은 그렇게 기세를 바꿀 수 있는 최고의 기회를 얻을 수 있었다.

독고천이라는 기회를 말이다.

* * *

독고천은 손 위에 올려진 작은 조각상을 유심히 바라보았다.

귀는 쫑긋하고, 눈은 부리부리했으며, 날카로운 이를 번쩍이는 악귀의 조각상이었다.

달리 절대마령대(絶代魔令隊)임을 나타내는 조각상이기도 했다.

천마신교의 사대무력부대 중 최강을 자랑하는 단체가 바로 절대마령대였다.

백 명의 절정고수가 짙은 자색 마기를 풍기며 서 있는 모습은 상상만 해도 소름이 끼쳤다.

보통 악귀 조각상의 색은 검은색이었다.

그런데 독고천의 손 위에 올려져 있는 것은 붉은색이

었다.

즉, 절대마령대주(絶代魔令隊主)의 신물이란 소리였다.

"절대마령대주라니……."

독고천이 헛웃음을 지었다.

방 안에서 기다린 지 얼마 지나지 않아 절대마령대주로서의 취임식을 간략하게 끝냈다.

절대마령대는 모든 천마신교인들이 원하는 꿈의 자리였다.

절대마령대원들은 핏빛 적의를 입고 검집 끝에 악귀 모양의 고리를 달았다.

그리고 그것이 그들의 자부심이었다.

교주의 파격적인 인사 조치에 모두가 난색을 표했지만, 그들도 인정할 수밖에 없었다.

현재 교주 측에는 고수가 절대적으로 부족했고, 절대마령대주는 얼마 전 전투로 목숨을 잃은 상태였다.

아직 신뢰도 쌓이지 않고, 명령 체계에 익숙하지 않은 독고천을 대주로 임명한 것은 그의 무공을 믿어서였다.

강자지존인 천마신교에서 힘만큼 스스로를 대표하는 것은 없었다.

그리고 절대마령대원들은 빠르게 독고천의 힘에 녹아들 것이었다.

한마디로 교주의 도박이었다. 쪽박일지 대박일지 아무도 모르는.

똑똑.

문을 두드리는 소리와 함께 문 밖에서 누군가 말을 꺼냈다.

"대주님."

그 소리에 독고천은 조각상을 품 안에 갈무리했다.

"들어와라."

독고천의 말에 적의사내가 들어오더니 부복했다.

"부대주인 이자헌(李姿櫶)입니다. 대주로 임명되신 것을 축하드립니다."

마령귀검(魔令鬼劍) 이자헌은 패도의 고수로 유명했다. 특히 장검을 잘 다루었는데, 절대마령대의 부대주로서 임명된 지 벌써 십 년이 넘어가고 있는 중견 고수였다.

"고맙군. 대원들은 어디에 있나?"

부복해 있던 이자헌이 몸을 일으켰다.

"안내해 드리겠습니다."

   * * *

독고천이 단상에 올라섰다.

그리고 주위를 훑어보았다.

그러자 자색 마기를 풀풀 풍기며 적의를 입은 마인들이 눈에 들어왔다.

하나같이 강대한 마기를 풍기고 있는 그들의 인상 또한 매우 날카로웠다.

그러나 몇 명의 표정으로 보아 반감이란 감정을 지니고 있는 듯 보였다.

"이번에 대주로 임명된 독고천이다."

그 말에 몇 명의 마인들이 대놓고 적대감을 표출했다. 그러자 독고천이 단상에서 내려왔다.

그리고 목을 몇 번 풀더니 손가락을 까닥였다.

"내가 대주로 임명된 것에 대하여 불만있는 놈들은 모두 나와라."

열다섯 정도가 독고천의 앞으로 나섰다.

하나같이 마기를 짙게 풍기는 절정고수들이었다.

독고천이 씨익 웃었다.

"이놈들 외에는 불만 없나?"

그러자 나머지 절대마령대원들이 고개를 끄덕였다. 독고천은 앞에 나온 마인들을 훑었다.

"왜 불만인지 말해 보도록. 너부터."

독고천이 한 명을 가리켰다.

그는 혈천마검(血天魔劍) 구욕진(構縟眞)이었다. 강호

초출 당시 그의 검에서 흘러나오는 혈루검법 특유의 초식인 혈망천로(血網天路)에 많은 정파인들이 피를 토하며 무너졌다.

구욕진이 무심하게 답했다.

"저는 대주님의 이름 자체를 처음 들어 봅니다."

"내 위명이 부족하다는 건가?"

"예."

구욕진이 고개를 끄덕이자 독고천의 몸에서 붉은 마기가 흘러나오기 시작했다.

흘러나오는 양이 갑자기 짙어지더니, 어느 순간 허공을 뒤덮기 시작했다.

붉은 마기가 찌릿찌릿거리며 절대마령대원들을 뒤덮었다.

모두가 경악했지만 애써 침착함을 유지하고 있었다.

독고천이 구욕진을 바라보았다.

"이제는 어떤가?"

"문제없습니다. 충성을 다하겠습니다."

구욕진이 부복한 후 대열을 찾아 들어갔다.

구욕진을 쫓아 앞으로 나섰던 다른 이들도 대열을 갖추어 들어갔다.

그러나 여전히 한 명이 남아 있었다.

독고천이 물었다.

"넌 뭐가 불만인가?"

"교주님에 대해 충성을 한 것이 확실합니까? 부교주의 첩자일 수도 있지 않습니까?"

쾌마귀검(快魔鬼劍) 전진룡(顚眞龍)이었다. 그의 쾌검은 너무나 빨라 그의 일 초를 보기도 전에 명을 달리하는 무림인들이 많았다.

그 정도로 그는 쾌검의 달인이었다. 거기다 잔혹한 성격마저 더해져 그의 명호를 결정 짓는 데 한몫했다.

보통 천마신교의 고수들은 강호에 잘 나가지 않았다.

아무래도 폐쇄적인 집단이다 보니 그런 점이 없잖아 있었는데, 절대마령대원들은 모두 강호에 나가 보았던 고수들로 이루어져 있었다.

절대마령대원 한 명 한 명의 위명이 모여 더욱 엄청난 위명을 만들어 낼 거라 예측한 교주의 복안이었다.

그리고 교주의 생각은 맞아떨어졌다.

정파인들을 공포에 떨게 만든 고수들이 한곳에 모여 있으니, 절대마령대는 정파인들에게 더욱 공포의 대명사가 된 것이었다.

"그건 내가 증명할 수 없다. 하지만 이건 말해 줄 수 있다. 난 북해빙궁에 구금되어 있었고, 그 이후 천마신교의 내전이 시작되었다 들었다. 그리고 현 상황은 부교주에게 매우 유리하다고 들었다. 절대마령대를 제외한 모든 무력 부대가 부교주의 손에 있다고 들었다. 단지 몇몇 장로들과 외총관의 외부 세력, 그리고 절대마령대만이 교주님의 편을 들고 있다고 들었다. 또한 총타의 지리적 위치와 함정 및 진법으로 버티고 있다고 들었다. 만약 자네가 나였다면 어디를 선택하겠는가?"

순간, 전진룡은 아무 말도 하지 못했다.

솔직히 언제 무너지질 모르는 교주 측이었다.

부교주 측에서 절대마령대를 최소한의 피해로 삼키기 위하여 소강 상태에 있는 것이지, 그런 이유가 아니었다면 교주 측은 진즉 패했을지도 몰랐다.

굳이 절대마령대와 정면 대결을 한다면, 부교주 측의 세력은 최소 삼 할 이상의 피해를 봐야 했다.

그만큼 절대마령대의 힘은 절대적이었다.

하지만 전진룡이 만약 독고천이었다면, 바로 부교주 측을 택했을 것이다.

사실 그것이 당연한 수순이었다.

교주는 정당성을 지니고 있었지만, 부교주 측의 세력이 더욱 강대했다.

침묵을 유지하던 전진룡이 입을 열었다.

"하지만 오히려 그런 점을 노린 부교주의 책략일 수도 있지 않습니까?"

"네 말도 맞다. 그러나 이런 걸로 투닥거리는 것보다

좋은 말이 한 가지 있지. 강자지존(强者至尊)!"

"무슨 말씀이신지?"

전진룡이 고개를 갸웃거리자 독고천이 검을 뽑아 들고는 전진룡의 목젖을 찔러 갔다.

순간, 전진룡이 기겁하며 침을 삼켰다.

너무나도 빠른 쾌검이라 전진룡은 피할 엄두도 내지 못했다.

그의 목에서 피 한 방울이 흘러나왔다.

그 모습을 바라보던 독고천이 검을 집어넣었다.

철컥.

조용한 허공에 독고천의 말이 울려 퍼졌다.

"내가 너보다 강하다는 것이다. 그러니 내가 옳다. 그것이 바로 본 교의 가르침이 아닌가."

순간, 전진룡이 부복했다.

"대주님에게 충성을 다하겠습니다!"

부복해 있던 전진룡이 벌떡 몸을 일으키더니, 대열을 찾아 들어갔다.

그 모습을 바라보던 독고천이 고개를 끄덕였다.

"더 이상 불만 없는 건가?"

"옛!"

절대마령대원들의 우렁찬 목소리가 울려 퍼졌다. 그러자 독고천이 만족한 듯 주위를 훑어보았다.

"우리는 분명 불리하다. 그러나 상황은 언제든지 뒤집을 수 있다. 나를 믿고 따라와라."

"옛!"

독고천의 담담하지만 힘 있는 목소리에 절대마령대원들의 눈빛이 더욱 빛났다.

그들의 마기도 더욱 펄떡이며 살아 숨 쉬는 듯 넘실거렸다.

* * *

절대마령대원들과의 만남 이후, 독고천은 방에 처박혀서 전술에 관한 책을 무작정 읽기 시작했다.

혼자 싸우는 것과 집단으로 싸우는 것은 달랐다.

그렇기에 배워야 살아남을 수 있었다.

그러던 중 부대주인 이자헌이 급히 방으로 들어섰다.

"대주님."

"뭔가?"

"부교주 측에서 분타들을 공격하고 있다 합니다."

독고천은 읽던 서적을 덮고 벌떡 몸을 일으켰다.

"교주님은 뭐라 하시더냐?"

"절대마령대원 이십 명을 데리고 그 무리들을 찾아서 급습하라고 하셨습니다."

"알았다고 전해 드려라. 그리고 절대마령대원 중 살수 교육을 받은 적이 있거나 살수에 대해서 뭔가 조금이라도 아는 놈들을 뽑아 놓도록."

"존명."

이자헌이 방을 나가자 독고천이 책을 다시 집어 들었다.

그리고 곧 책 속으로 빠져들었다.

책에는 전술의 기본 개념과 많은 전략들이 적혀 있었고, 역대 벌어진 실제 전투에 대해서 많은 내용들이 나열되어 있었다.

확실히 개인이라면 무시해도 될 부분이 집단의 싸움에서는 중요한 요소가 되는 것이 많았다.

그만큼 그들의 지휘하는 대주의 역할이 매우 중요했다.

대주의 판단 착오로 모든 대원들이 목숨을 잃는 상황이 일어날 수도 있는 것이다.

독고천이 읽던 서적을 덮고 몸을 일으켰다.

그리고 풀어 놓은 검집을 허리춤에 차고는 방을 나섰다.

총타의 분위기는 전체적으로 휑했다.

아무래도 내전 중이라 항상 수련을 하던 무사들이 전투 대기 상태로 있기 때문이리라.

독고천은 천천히 걸어가며 주위를 살폈다.

아직 총타는 건재한 듯 파괴된 흔적들은 보이지 않았다.

공터에는 절대마령대 중 몇 명이 도열해 있었다.

그들이 독고천을 보자 정중히 고개를 숙여 보였다.

"대주님, 오셨습니까?"

"그래, 다들 모였나?"

"아직 모이는 중입니다."

독고천은 고개를 끄덕이고는 근처에 있는 바위에 걸터앉았다.

그리고 눈앞에 서 있는 절대마령대원들을 훑어보았다.

그들은 독고천의 시선에 긴장했는지 모두들 몸이 경직되어 있었다.

"현재의 상황을 잘 아는 사람 있나?"

"제가 잘 알고 있습니다."

구욕진이었다.

그러자 독고천이 고개를 끄덕였다.

"말해 보게."

"현재 부교주는 천마추살대, 역천악귀대, 그리고 염화염왕대를 거느리고 있습니다. 그러나 무력 부대들을 가지고 있을 뿐, 주축 고수들, 즉 장로님들은 모두 교주님의 편에 서 있기 때문에 그럭저럭 버티고 있는 상황입니다. 또한 총타의 지리적 위치 덕분에 부교주 측에서도 함부로 덤벼들지 못하고 있지요."

"우리가 이길 수 있는 방법은?"

"무력 부대를 회유하거나, 아니면 부교주를 없애면 됩니다."

"간단하군. 부교주를 없앨 확률은 어느 정도인가?"

"거의 없다고 보면 됩니다. 아무래도 부교주에 오를 만큼 강한 고수이다 보니 교주님조차 암살은 힘듭니다. 그리고 만약 교주님이 직접 가셨다가 봉변이라도 당하시면 총타는 그 순간 먹힐 것이 뻔합니다. 거기다 전문 살수들은 무공이 약하다 보니 부교주를 지키고 있는 호위무사들을 이겨 내지 못할 가능성이 큽니다."

구욱진이 땅바닥에 그림까지 그려 가며 부교주 측의 진영을 설명했다. 바닥에 그려진 그림을 훑어보던 독고천이 고개를 끄덕였다.

"그럼 이건 어떤가?"

독고천이 무심히 말했지만, 그 속에는 무언가 끌어들이는 마력 같은 것이 있었다.

절대마령대원 모두가 독고천의 말에 집중했다.

"무력 부대의 회유를 시도해 보고, 안 되면 부교주를 암살하는 것으로 하지."

간단해도 너무 간단했다.

사실 모두가 알고 있는 사실이지만 감히 엄두도 내지

못하는 작전이었다.

그러나 뒤이어진 독고천의 말에 절대마령대원들은 솔깃할 수밖에 없었다.

"난 암형대 출신이네."

"대주님이 말씀이십니까?"

구욕진이 놀란 듯 되묻자 독고천이 고개를 끄덕였다.

암형대는 살수 중에서도 특출 난 살수들만이 뽑히는 엄청난 집단이었다.

그리고 살수들은 아무래도 소모품이라는 인식이 강하다 보니 살수로 삶을 마감하는 경우가 많았고, 그런 탓에 암형대 출신의 고수는 보기 매우 힘들었다.

암형대 출신의 절정고수!

거기다 최강 무력 부대인 절대마령대주를 맡을 정도로 뛰어난 무공을 지닌 마인!

그러한 말도 안 되는 내력의 마인이 절대마령대원들 앞에 떡하니 서 있었다.

그러자 무언가 희망이 보이는 듯싶었다.

"다 모였나."

독고천이 바위에서 일어서며 묻자 감회가 새로워진 절대마령대원들이 우렁차게 답했다.

"옛!"

"좋아. 부대주에게 살수에 대해 조금이라도 아는 자들을 뽑으라고 했는데, 맞나?"

"옛!"

독고천이 절대마령대원들을 훑었다.

어제 보여 주었던 독고천의 무위 탓인지 모두들 확실하게 각이 잡혀 있었다.

독고천이 땅에서 솔나무 잎을 하나 주워 들었다.

그리고 순간, 독고천의 손에 들린 솔나무 잎이 사라졌다.

어느새 솔나무 잎은 가장 뒤에 서 있던 절대마령대원 의복에 박혀 있었다.

모두들 경악했다.

"별로 알고 있는 것 같진 않은데 말이지."

독고천의 나직한 중얼거림에 절대마령대원들의 눈에서 희망이 불타오르기 시작했다.

절대마령대원들의 뇌리에 다음과 같은 생각이 스쳐 지나갔.

―이자라면 같이 해볼 만하다.

"우리의 임무는 본 교의 분타를 노리는 부교주의 세력

을 급습하는 것이다. 그렇기에 현재 여기 서 있는 대원들만을 뽑았다. 아무래도 살수와도 같은 움직임을 보여야 하기 때문에 이러한 조건을 제시했다. 살수 교육을 받은 자 있나?"

모두들 고개를 내저었다.

"그럼 살수 교육 비스무리 한 것이라도 배운 자들 있나?"

그제야 두세 명이 손을 들었다.

"누구에게 받았나?"

"장우덕 교관님입니다."

장우덕 교관이란 말에 독고천의 눈이 빛났다.

"악마대 출신인가?"

"그건 아니지만, 살수에 관심이 있어 잠시 장우덕 교관님에게 교육을 받은 적이 있습니다."

"나도 장우덕 교관님에게 가르침을 받은 적이 있지. 지금도 정정하신가?"

"저번 전투에서 사망하셨습니다."

"흠."

독고천이 고개를 주억거렸다.

강호란 그런 곳이다.

언제 죽을지 모르는 삶이 바로 강호를 살아가는 무인들의 운명이었다.

"우선 십여 일간 내가 간단하게 살수에 대해서 교육할 것이다. 그런 다음 바로 출발할 예정이니 알아서 짐을 꾸리도록. 최대한 가볍게 싸라. 오늘은 이만 해산."

第八章
생사지결(生死之結)

절대마령대원들이 천천히 모습을 감추었다.
홀로 남은 독고천은 멍하니 하늘을 올려다보았다.
구름이 흩어져 색다른 그림을 그려 내고 있었다.
맑지만 바람이 거센 날이었다.
"십 일 후라……."

      * * *

어두웠다. 달빛조차 구름에 가려 있었다.
말 그대로 시커먼 어둠만이 즐비했다.
순간, 숲 속에서 부스럭 거리는 소리와 함께 검은 인영

들이 움직이기 시작했다.

그들의 몸에서는 기묘한 기운이 흘러나오고 있었는데, 자색 빛이어서 매우 기괴했다.

[준비되었나?]

[옛!]

그들은 전음을 통하여 대화를 나누었다.

전음(傳音)은 내공에 소리를 실어 상대방의 귀에 바로 전하는 무공이었다.

뛰어난 기술은 아니지만, 남에게 들키지 않고 말을 전달하기에는 안성맞춤이었다.

물론 뛰어난 고수의 귀에는 포착당할 수 있다는 단점을 갖고 있었다.

[내가 휘파람을 부는 순간 모두 기습한다. 알겠나?]

[옛!]

복면인들의 우두머리가 조용히 담 위에 올라서 주변을 훑어보았다.

무사들 몇 명만이 돌아다닐 뿐, 모두 잠에 곯아떨어진 듯 보였다.

피이이이.

그 순간, 우두머리의 입에서 휘파람 소리가 흘러나와 주변으로 울려 퍼졌다.

그러나 움직이는 이는 아무도 없었다.

우두머리가 재차 휘파람을 불었다.

그러나 여전히 아무런 움직임도 없었다.

[이봐, 뭐 하고 있나.]

우두머리가 전음을 날렸지만 묵묵부답이었다.

무언가 일이 잘못되었다는 것을 느낀 우두머리가 뒤를 돌아보았다.

그곳에는 언제 나타났는지 모를 흑의사내가 팔짱을 낀 채 서 있었다.

그의 몸에서는 옅은 붉은 마기가 흘러나오고 있었고, 우두머리의 부하들은 모두 혈도를 짚여 널브러져 있었다.

"누, 누구냐!"

우두머리가 더듬으며 묻자 흑의사내가 씨익 웃었다.

"그건 조금 있다 얘기해 보자고."

순간, 흑의 사내의 손이 허공을 가르자 둔탁한 느낌과 동시에 우두머리는 정신이 아득해짐을 느꼈다.

'이런 젠장.'

철푸덕.

우두머리는 정신을 잃고 담에서 떨어져 바닥에 처박혔다.

피이이.

이번에는 흑의사내가 휘파람을 불었다.

생사지결(生死之結)

그러자 적의사내들이 모습을 드러냈다.

그들은 하나같이 강대한 자색 마기를 흘리고 있었다.

"다들 한 명씩 업어라."

적의사내들이 정신을 잃은 복면인들을 등에 업자 흑의 사내가 고개를 끄덕였다.

"가자."

그렇게 그들은 어둠 속으로 모습을 감추었다.

* * *

복면인이 정신이 들었는지 눈을 떴다.

"여기가 어디냐!"

복면인의 외침에 흑의사내가 어깨를 들썩였다.

"복면을 벗겨라."

흑의사내의 말에 옆에 서 있던 적의사내가 복면인의 복면을 벗겼다.

그러자 날카로운 눈매와 갈색의 눈썹이 드러났다.

"극양의 무공을 익혔나?"

흑의사내의 물음에 복면인은 입을 다물었다. 그러자 옆에 서 있던 적의사내가 흑의사내에게 속삭였다.

"염화염왕대 부대주, 적미마검(赤眉魔劍) 고진민입니다."

극양의 무공을 익힌 고진민은 그 영향으로 갈색의 눈썹을 가지게 되었는데, 그래서 적미라는 별호를 얻게 되었다.

 그의 검에서 흘러나오는 열화와 그의 갈색 눈빛은 강렬한 인상을 주기에 충분했다.

 염화염왕대라는 말에 흑의사내가 만족한 듯 고개를 주억거렸다.

 "우연찮게 대어가 걸렸군."

 상대방이 자신의 정체를 알아차리자 고진민이 한숨을 내쉬었다.

 "구욕진, 오랜만이다."

 "오랜만입니다, 부대주님."

 고진민이 고개를 끄덕이며 흑의사내를 바라보았다.

 "그런데 이자는 누구냐?"

 "저희 대주이십니다."

 구욕진의 대답에 고진민이 놀란 듯 눈을 동그랗게 떴다. 아무리 좋게 봐줘도 이십대 정도로 보이는 사내가 절대마령대의 대주라는 자리를 맡고 있다니, 놀라운 일이었다.

 "전(前) 대주는 어찌 되었나?"

 "사망하셨습니다."

 구욕진이 씁쓸하게 답하자 고진민이 한숨을 내쉬었다.

생사지결(生死之結) 279

"안타깝군. 인재를 잃었어. 그나저나 나에게서 얻을 정보는 없을 테니 편히 보내 주게. 여태까지의 정을 생각해서 말이네."

고진민의 눈에는 삶에 대한 의욕이 없었다. 그 모습에 구욕진이 흑의사내를 바라보았다.

그러자 흑의사내가 고진민에게 다가갔다.

"독고천이다."

독고천이 자신의 이름을 밝히자 고진민은 순간 자신이 아는 자의 이름인가 되새겨 보았지만, 독고천이란 이름은 처음 듣는 것이었다.

"절대마령대의 대주를 만나 뵈어 반갑소. 단지 상황이 좋지 않구려."

"알고 있네. 그리고 그 상황을 좋게 만들 방법이 있지."

"그것이 뭐요?"

고진민의 물음에 독고천이 입을 열었다.

그리고 그 대답은 고진민의 심장을 뛰게 하기 충분했다.

"부교주를 암살하면 되겠지."

"그게 가능할 거라 보시오?"

고진민이 어처구니없다는 듯 묻자 독고천이 무심히 고개를 끄덕였다.

그러자 고진민이 헛웃음을 터뜨렸다.

"교주조차 부교주님의 암살은 장담하지 못하오. 그런데 대체 누가 한단 말이오?"

옆에 서 있던 구욕진이 당연하다는 듯 독고천을 가리켰다.

"대주님이 하실 겁니다."

"뭐? 하하하!"

고진민이 미친 사람마냥 아주 목이 터져라 웃어댔다.

한참을 웃고 난 고진민이 눈물마저 글썽거렸다.

"아주 제대로 웃겨 주는군."

"자네야말로 내 능력을 너무 얕보는군. 내가 누군지 아나?"

갑자기 독고천의 몸에서 붉은 마기가 넘실거리기 시작하더니 고진민을 감싸기 시작했다.

엄청난 중압감이 밀려오자 고진민이 신음을 터뜨렸다.

"크흑."

고진민은 피를 토하며 연신 기침을 했다.

그 모습을 내려다보던 독고천이 무표정한 얼굴로 입을 열었다.

"급습하는 놈들을 모두 생포하고, 내가 직접 부교주의 목을 칠 것이네."

그 말에는 한 치의 농도 느껴지지 않았다.

기침을 하던 고진민이 힘겹게 독고천을 올려다보았다. 붉은 마기가 넘실거려 마치 마귀와도 같아 보였다.

"……도대체 당신은 누구요?"

생사지결(生死之結)

어느덧 고진민의 목소리는 떨리고 있었다.

그도 느끼고 있었다.

눈앞에 있는 독고천이란 사내가 결코 부교주에게 뒤지지 않는다는 것을 말이다.

독고천은 아무 말 없이 턱짓으로 고진민을 가리켰다.

그러자 구욕진이 고진민에게 안대를 씌웠다.

그리고 중얼거리듯 속삭였다.

"선배, 저분이 본 교를 다시 구해 주실 겁니다. 걱정 말고 잠시 쉬고 계십시오."

말이 끝나는 것과 동시에 구욕진이 고진민의 혈도를 내려쳤다.

그렇게 고진민은 정신을 잃었다.

* * *

단상 위에 한 사내가 앉아 있었다.

악마패왕 추영독.

한데 그의 표정은 분노로 붉게 물들어 있었다.

"도대체 이게 무슨 일인가!"

그가 단상을 부여잡고 부르르 손을 떨었다.

그 모습에 부복해 있던 사내 역시 몸을 떨었다.

지독한 자색 마기가 부복해 있던 사내의 몸을 휘감은

탓이었다.

"급습하러 갔던 고수들이 모두 실종되고 있습니다, 부교주님."

"그러니까 내 말은 그게 무슨 일이냔 말이야!"

쾅!

굉음과 함께 단상이 박살 났다. 그러자 부복해 있던 사내가 신음을 터뜨렸다.

"아마도 교주의 계략인 듯싶습니다."

"교주의 계략? 교주에게는 절대마령대밖에 없단 말이야. 그들은 총타를 지키기 바쁘단 말이지. 한데 염화염왕대 부대주와 사십칠 명이 실종되었고, 역천악귀대 대주와 이백팔십오 명 명이 실종되었어. 이게 말이 된다고 생각하나?"

부복해 있던 사내는 그저 침묵을 지켰다.

그러자 추영독이 이를 갈았다.

"설마 교주가 절대마령대를 사용하고 있는 건가? 만약 그렇다면 최소한 오십여 명이 움직였을 것이다. 비마대를 사용하여 알아보도록!"

"존명!"

사내가 나가자 추영독이 차를 홀짝였다.

좋은 향이 올라왔지만 추영독은 인상을 찌푸렸다.

"노전득, 도대체 무슨 꿍꿍이냐……."

생사지결(生死之結) 283

*　　*　　*

"염화염왕대 부대주와 대원 사십칠 명, 역천악귀대 대주와 대원 이백팔십오 명, 추가적으로 천마추살대 부대주와 대원 삼백이십이 명을 생포하였습니다. 절대마령대원은 열두 명 부상 외에 사망자 없습니다."

독고천이 부복한 채 서신을 읽어 내려가자 단상에 앉아 있던 노전득은 아연실색할 수밖에 없었다.

명령을 내린 지 단 네 달 만에 이러한 업적을 올린 사내가 너무나도 거대해 보였다.

주위에 서 있던 사내들도 경악했다.

교주의 도박은 성공한 정도가 아니라 대박이 터지고 만 것이었다. 노전득이 함박 미소를 지었다.

"대주, 정말 수고했네."

"명령을 따랐을 뿐입니다, 교주님."

독고천의 담담한 말에 노전득의 미소가 더욱 짙어졌다.

"자네의 노고 덕분에 추영독 놈은 아주 머리칼이 다 빠질 걸세. 정말 고생했네. 앞으로도 고생해 주게."

"존명."

독고천이 몸을 일으켜 나가려다가 순간 뒤를 돌아보며 담담히 물었다.

"교주님, 한 가지 말씀드려도 되겠습니까?"

"말해 보게."

노전득이 흔쾌히 고개를 끄덕이자 독고천이 입을 열었다.

"한 가지 작전이 있습니다. 그런데 그것은 저 외에 아무도 몰랐으면 합니다. 그 작전을 제가 수행해도 되겠습니까?"

"어떤 작전인가?"

노전득의 물음에 독고천은 망설였다.

그러자 노전득이 잠시 고민하는 듯하더니 고개를 끄덕였다.

"알겠네. 자네의 능력을 믿어 보지."

"존명."

독고천이 나가자 노전득이 주위를 둘러보았다.

그의 표정은 의기양양했다.

"내 힘이 부족한 것에 대해 창피하긴 하지만…… 어떤가, 내 작전이 성공했지 않은가?"

주위의 사내들이 연신 고개를 주억거렸다.

절정고수 한 명의 존재가 이렇게 판도를 뒤집어놓은 것이다.

분명 이 작전은 모두가 알고 있었다.

그러나 그것을 실행할 고수가 전무했다.

작전을 실행할 수 있을 만한 부교주 중 한 명인 패도마

왕(覇道魔王) 제천반은 이미 추영독에게 암습을 당해 목숨을 잃은 후였다.

그리고 이 작전을 실행할 만한 우두머리는 최소한 교주 정도의 무공을 지녀야 했던 것이다.

그렇다고 총타를 지켜야 할 교주가 직접 움직일 순 없었다.

교주가 목숨을 잃는 순간, 총타는 끝이라고 봐야했다. 또한 교주는 지난 사건들로 인해 무언가 두려움이 생긴 듯 보였다.

또한 추영독과 정면 대결을 펼치길 매우 꺼려했다.

아니, 어느 순간부터 무공 쓰는 것 자체를 꺼려하기 시작했다. 그런데 하루아침에 그 공백을 메워 줄 절정고수가 교주 측에 생겨 버린 것이다.

그리고 그 고수는 우습게도 총타에 물질적이나 정신적으로 피해만 주던 그런 문제아였다.

하늘이 교주를 돕는 듯했다.

"절대마령대주가 앞으로 우리를 또 어떻게 놀라게 해 줄지 기대해 보세."

노전득의 말에 사내들이 고개를 주억거렸다.

그들의 표정은 한층 밝아져 있었다.

* * *

"모두 모였는가?"

독고천의 말에 절대마령대원들이 우렁찬 목소리로 외쳤다.

"옛!"

"죽을 준비는 되었는가?"

"옛!"

독고천이 단상에서 내려와 절대마령대원들을 하나하나 훑었다.

모두들 눈에서 투지를 불태우고 있었다.

그리고 그들의 몸에서 흘러나오는 마기는 한층 짙어져 있었다.

"다들 정보는 숙지했는가?"

"옛!"

무모해 보이는 작전이었고, 전 대주가 말했다면 모두들 고개를 내저었을 것이다. 그러나 독고천은 달랐다.

불가능해 보이는 일들을 모두 해내었다.

그리고 부교주에게 기울었던 대세를 교주 측으로 기울게 했다.

지옥에 떨어지라 해도 독고천의 말이라면 모두들 목숨을 바쳐 따를 것이었다.

그만큼 독고천이 보여 준 능력은 경천동지할 만한 것이었다.

절대마령대원들이 손에 들고 있던 작은 서신들을 삼매진화로 불태웠다.

삼매진화는 본신의 진기를 사용하여 불꽃을 일으키는 절정의 경지였지만, 그들은 당연하다는 듯 삼매진화를 일으켰다.

맑은 하늘 위로 재가 휘날렸다.

그 모습을 바라보던 독고천이 검을 쓰다듬었다.

"자, 출발하자."

* * *

댕댕댕!

진중한 종소리와 함께 녕하(寧夏) 분타, 즉 부교주 측이 주둔하고 있는 진영의 북쪽으로부터 경고가 울려 퍼졌다.

"기습이다!"

"집결하라! 집결하라!"

침실에서 잠을 청하고 있던 추영독도 벌떡 일어나 검을 챙겨 들고 밖으로 나섰다.

이미 분타는 긴급 사태를 맞이해 모두들 분주하게 집결하고 있었다.

"무슨 일인가?"

추영독이 지나가던 총관을 붙잡고 묻자 그가 급히 말해 왔다.

 "북쪽에서 침입자가 발견됐습니다. 대충 열 명 정도로, 곧 처리할 것이라는 보고가 들어왔습니다. 걱정하지 않으셔도 될 듯싶습니다."

 추영독이 검집을 매만지며 고개를 끄덕였다.

 "노전득이 어떤 꿍꿍이인지 한 번 보자고. 그런데 비마대는 어찌 되었나?"

 "비마대의 연락이 내일 정도면 도착할 것입니다. 우선 가는 데만 하루가 걸리니, 내일은 분명 연락이 올 겁니다."

 "그래. 아마 첩자로 노전득이 보냈나 보군. 많이 피곤들 할 테니 얼른 해산시키고 휴식을 취하도록 하게."

 "존명!"

 집결한 고수들이 모두 북쪽으로 몰려가는 것을 바라보던 추영독이 그들의 뒷모습에 만족한 표정을 지었다.

 "조만간 총타도 내 손에 들어오겠지."

 그런데 그 순간, 갑자기 남쪽으로부터 경고가 울리기 시작했다.

 이어 서쪽과 동쪽에서도 경고가 울려 퍼지기 시작했다.

 난데없는 상황 변화에 추영독의 표정이 창백해지기 시작했다.

 "설마 전면 공격인가……."

순간, 추영독의 신형이 북쪽으로 쏘아져 나갔다.

그의 머릿속에는 많은 생각들이 오갔다.

'비마대가 출발한 지 아직 하루도 되지 않았다. 그렇다면 그전부터 기습을 위해 기다리고 있었다는 말이 된다. 하지만 총타에서도 내 휘하의 모든 무력 부대들이 총타 근처에서 내 명령만을 기다리고 있다는 것을 알고 있다. 그런데도 과연 이런 도박을 할까? 설마 나를 교주가 직접 암살하겠다는 무모한 계획을 시도하겠다는 생각은 아니겠지?'

북쪽은 많은 부상자들이 즐비했지만 이미 침입자들을 모두 제압한 상태였다.

하지만 놀랍게도 그들의 정체는 교주 측에 생포되었다던 염화염왕대 고수들이었다.

무언가 잘못되었다는 것을 느낀 추영독이 급히 동쪽으로 신형을 날렸다.

그곳에도 이미 침입자들이 제압되어 있었다.

그러나 역시 많은 부상자들이 속출해 있었고, 피바다가 되어 있었다.

그리고 그곳에는 교주 측에 생포되었던 역천악귀대 고수들이 포박되어 있었다.

추영독이 급히 외치듯 물었다.

"네놈들은 나에게 충성을 바쳐 놓고 어째서 배신한 것

이냐! 마인으로서 자부심도 없느냐!"

그러자 잡혀 있던 고수 중 한 명이 피식 웃었다.

"마인의 자부심이 무엇이오? 바로 힘이오. 그리고 우리는 강자에게 충성을 바칠 뿐이오. 교주보다 강했던 당신이기에 모든 것을 바쳤지만, 지금은 아니오."

고수의 말에 추영독이 이를 갈았다.

"그게 무슨 소리냐!"

그러나 모두들 입을 다문 채 진중한 표정을 짓고 있을 뿐이었다.

그러던 중 남쪽에서 들려오는 경고 소리가 더욱 커지기 시작했다.

추영독은 급히 남쪽으로 뛰쳐나갔다.

그쪽에서는 짙은 자색 마기를 풍기는 마인들이 달려오고 있었다.

그들의 칼 아래 추영독의 수하들이 피를 뿌리며 널브러지고 있었다.

그때, 익숙한 얼굴이 추영독의 눈에 들어왔다.

달려오는 적의사내의 검에서 푸른빛의 기이한 기운이 흘러나오고 있었고, 그자의 검 아래 많은 수하들이 피를 토하며 쓰러지고 있었다.

추영독이 이를 갈았다.

"……이자헌."

이자헌이라 불린 적의사내가 검에 묻은 피를 털어 내며 씨익 웃었다.

"오랜만입니다, 추영독 부교주."

"절대마령대의 부대주가 여긴 웬일인가? 설마 대원 전원이 쳐들어온 건 아니겠지? 내 명령 한 마디면 염화염왕대, 역천악귀대, 천마추살대의 전부가 총타를 덮칠 거란 생각은 안 해 보았나?"

추영독이 이죽거리자 이자헌이 어깨를 들썩였다.

"그건 저도 생각해 보지 않아서 잘 모르겠군요."

이자헌의 능청스런 발언에 추영독이 울컥하며 검을 뽑으려 했다.

그런데 그 순간, 서쪽에서 경고 소리가 그 어느 때보다도 크게 울리고 있었다.

말 그대로 최악의 상황일 때만 들려오는 경고 소리였다.

문득 추영독은 이 모든 상황을 일어나게 한 장본인이 서쪽에 있을 거란 확신이 들었다.

추영독은 쓰러지는 수하들을 내버려 둔 채 서쪽으로 부리나케 신형을 날렸다.

본능이 그에게 말하고 있었다.

당장 서쪽으로 달려가라고.

서쪽에 도착한 추영독은 멍하니 한곳을 바라볼 수밖에

없었다.

그곳에는 흑의를 입은 사내가 무심하게 검을 휘두르며 수하들을 베어 나가고 있었다.

그의 검은 날카롭고 매서웠으며, 몸에서 흘러나오는 붉은빛 마기는 숨이 턱 막힐 정도로 위압감이 넘쳤다.

수하들은 지척에도 이르지 못한 채 그의 검에 피를 뿌리며 널브러지고 있었다.

그러나 목숨을 잃는 자들은 한 명도 없었다.

모두들 전투 불능 상태가 되어 엎드린 채 신음을 터뜨릴 뿐이었다.

추영독의 손이 떨리기 시작했다.

훗날 총타를 집어삼키기 위해 꼬마 놈들을 납치하여 키운 적이 있었고, 그중에서 뛰어난 인재가 세 명이 있다고 들었다. 하여 그 녀석들의 초상화를 본 적이 있었다.

그중 두 명은 자신의 신복(臣僕)이 되었고, 한 명은 자신의 기억에서 잊혀졌다.

한데 흑의사내의 모습은 초상화에서 보았던 모습과 매우 흡사했다.

어릴 적의 날카로운 눈매가 지금까지 그대로 남아 있는 탓이었다.

추영독이 무심코 중얼거렸다.

"마공을 익히기에 최적인 놈……"

흑의사내는 어느새 모든 수하들을 베고는 당당히 걸어오고 있었다.

그의 검에서는 연신 붉은 마기가 흘러나오고 있어 매우 기괴했다.

마침내 흑의사내가 추영독의 눈앞에 마주 섰다.

"추영독 부교주?"

흑의사내의 물음에 추영독이 고개를 끄덕였다.

"이름이 뭐냐?"

"독고천이오."

그러자 추영독이 기억이 났다는 듯 고개를 주억거렸다.

"그래, 그때 그놈이 맞았군."

"그놈이라니?"

독고천의 물음에 추영독이 검을 뽑아 들었다.

떨리던 그의 손은 어느새 단단히 검병을 쥐고 있었다.

"아무것도 아니다. 한데 교주 놈의 개가 되었구나."

"교주님은 내가 처음부터 충성을 바친 상대요."

독고천이 단호히 말하자 추영독이 이죽거렸다.

"너보다 약한 놈에게 충성을 바치다니…… 자네, 마도인 맞나? 나 같으면 창피해서 물에 코 박고 죽을 걸세."

"맞는 말이오."

독고천이 의외로 고개를 주억거리자 추영독이 잠시 멍하니 쳐다보고는 피식 웃었다.

"뭐, 각자만의 사정이 있는 거겠지. 그놈의 사정 좀 들을 수 있겠나?"

독고천이 어깨를 으쓱였다.

"교주가 될 수도 있겠지만, 난 마도인으로서 무공의 극의를 봐야 하는 사람이오. 겨우 그딴 시시껄렁한 자리에 욕심을 부릴 시간이 없소."

"그럼 이곳엔 왜 온 건가?"

추영독이 궁금하다는 듯 묻자 독고천이 당연하다는 듯 답했다.

"본 교에는 무의 극의를 담고 있는 무공이 쌓여 있고, 힘만 있으면 편히 무공 수련에만 집중할 수 있소. 그러니 그저 밥값 한다는 생각으로 달려온 것이지, 특별한 이유는 없소. 빨리 끝내야 총타로 돌아가서 무공 수련을 할 수 있으니까 말이오."

말을 끝낸 독고천이 검을 들었다.

순식간에 진기를 끌어 올린 독고천의 몸에서 붉은빛 마기가 넘실거렸다.

그 모습에 추영독이 마주 검을 들었다.

그러자 추영독의 몸에서도 자색 마기가 넘실거리기 시작했다.

추영독이 씨익 웃었다.

"교주와 붙을 줄 알았는데 말이지."

순간, 추영독의 검이 독고천을 찔러 왔다.

가공할 마기가 허공을 찢어발기며 독고천을 휘감았다.

하지만 그에 아랑곳 않고 독고천도 검을 마주 찔러 갔다.

콰앙!

공기가 터지는 듯한 굉음과 함께 먼지가 치솟았다.

먼지가 허공을 뒤덮고, 검이 쉴 새 없이 부딪쳤다.

까가강!

섬광이 번쩍였고, 연신 굉음이 터져 나왔다.

붉은 검기와 자색 검기가 부딪치며 화려한 불꽃을 터뜨렸다.

순간, 독고천의 검에서 무자비한 검기가 추영독을 삼켜 왔다.

추영독도 이에 질세라 검기를 뿜어냈다.

검기들이 부딪치자 땅바닥이 움푹 파였다.

엄청난 대결에 천마신교의 고수들도 싸움을 멈춘 채 두 사람의 대결을 바라볼 수밖에 없었다.

독고천의 신형이 연신 번쩍거리며 움직였고, 추영독의 신형 역시 엄청난 속도로 움직이고 있었다.

붉은빛과 자색의 마기가 허공을 뒤덮었다.

찰나, 독고천의 일검이 기묘하게 꺾이며 추영독의 목을 노려 왔다.

순간, 추영독이 검으로 쳐 내며 곧바로 독고천의 허리

를 베어 갔다.

그러자 독고천이 기합성을 터뜨렸다.

"핫!"

순간, 추영독의 검이 튕겨져 나가며 자세가 흔들렸다. 독고천의 검이 빈틈을 헤집었다.

추영독의 다리에서 옅은 선혈이 흘러나왔다.

그러나 추영독의 검은 멈출 생각을 하지 않았다. 그는 마치 멧돼지마냥 미친 듯이 검을 휘두르고 있었다.

모든 검로는 독고천의 급소를 노리고 있었고, 독고천 또한 마찬가지였다.

일검만 제대로 맞는다면 저승행이 분명했건만, 그들의 입가에는 작은 미소가 드리워져 있었다.

추영독은 부교주에 임명된 이후 생사지결을 겨룬 적이 없었다.

그 누가 절정고수인 부교주와 싸움을 하려 하겠는가.

하여 그는 하루하루 지루한 세월을 보냈다.

교주라는 자리를 얻기 위해서 오랜 기간 계획을 짜 왔고 마침내 실천했다.

그러나 막상 교주라는 자리를 얻기 직전까지 다다르자 무언가 허무했다.

그러나 독고천의 검은 달랐다.

전혀 허무하지 않았고, 잠자고 있던 추영독의 투지를

불태우게 해 주었다.

 일 검, 일 검에 힘이 담겨 있었고, 그의 모든 것이 담겨 있었다.

 단순히 검과 검이 부딪치는 것이 아니었다.

 독고천도 갑자기 찾아온 흥분에 절로 미소가 지어졌다.

 여태껏 제대로 검을 휘두를 만한 상대가 없었다.

 희대의 명마를 얻었지만 어지러운 시장바닥에서 겨우겨우 비틀거린 것과 다를 바 없었다.

 드디어 뛰어놀 만한 드넓은 평야를 만난 것이다.

 처음에는 패도적이긴 했지만 서툰 면이 없잖아 있던 독고천의 검이 더욱 묵직해지고 표홀해지기 시작했다.

 처음엔 그 누구의 우세도 보이지 않았지만, 점점 시간이 흐를수록 추영독의 이마에서는 식은땀이 줄줄 흘러내렸다.

 마치 그 순간을 기다렸다는 듯 독고천은 무아지경에 빠지기 시작했다.

 검이 원하는 곳으로 찔러 갔고, 검이 원하는 곳으로 손목을 비틀었다.

 추영독은 독고천의 검을 막기에 급급해졌다.

 기묘한 움직임의 검로가 연신 추영독을 괴롭히고 있었다.

 순간, 추영독이 기합성을 터뜨리며 뒤로 물러섰다. 그런 뒤 소매로 식은땀을 닦아 내리고는 미소를 지어 보였다.

"검귀로구나."

곧바로 추영독이 검을 찔러 갔다.

독고천의 검도 마주 찔러 갔다.

쾅!

천지를 뒤집는 것 같은 폭음이 터지는 것과 동시에 추영독의 의복이 찢겨져 나갔다. 그에 멈추지 않고 독고천의 검은 무자비하게 추영독을 난도질해 나갔다.

추영독의 검은 독고천의 그 어디에도 닿지 않았다.

추영독은 경악했다.

많은 강호인들은 생사지결을 통해 급격한 성장을 이룬다.

일 초, 일 초가 생사를 결정짓는 생사지결은 그들의 정신과 육체를 더욱 향상시켰으며, 간혹 깨달음을 주기도 했다.

그런데 그런 깨달음을 지금 독고천이 얻고 있었다. 독고천의 검은 한층 현묘한 검로를 따르며 짙은 마기를 뿜어내었다.

이윽고 독고천의 검이 큰 검로를 그리며 추영독의 머리를 노려 왔다.

추영독이 기겁하며 검을 들어 올렸다.

빠직.

순간, 추영독의 검이 박살 났다.

파편이 얼굴에 박히자 추영독이 신음을 터뜨렸다.

푸욱.

그 순간, 독고천의 검이 망설임없이 추영독의 가슴을 꿰뚫었다.

추영독은 피를 토하더니 손에서 검을 떨어뜨렸다.

허공에서 독고천과 시선이 얽히자 추영독은 쓴웃음을 지었다.

"깨달음을 축하하네."

그리고 추영독의 가슴에서 붉은 피가 솟구치기 시작했다.

쿠웅.

이내 가슴팍을 적시는 선혈과 함께 핏기를 잃은 추영독의 몸이 서서히 뒤로 넘어갔다.

바닥에 쓰러져 멍하니 허공을 바라보던 추영독은 조용히 눈을 감았다.

한 시대를 풍미했던 절세마인, 추영독은 쓸쓸히 숨을 거두었다.

독고천은 멍하니 검을 늘어뜨린 채 허공을 바라보았다.

하나 그것도 잠시. 독고천은 검을 한 번 털어내고는 검집에 집어넣었다.

철컥.

검이 검집에 빨려 들어가자 독고천이 검지로 눈을 비비며 중얼거렸다.

"……졸리군."

강호를 진동시키며 정파인들에게 공포의 대상으로 자리 잡은 절대오마 중 한 명과 생사지결을 나눈 것치고는 지나치게 여유로운 모습이었다.

 그러나 독고천의 손바닥에서는 땀이 배어 나오고 있었다. 독고천은 손바닥을 바지에 쓱쓱 문질러 땀을 닦았지만, 땀으로 흥건해진 등짝은 어쩔 수가 없었다.

 독고천은 한숨을 길게 내쉬며 주위를 훑어보았다.

 고요한 적막 속에서 간혹 고통에 가득 찬 신음 소리가 들려왔다.

 독고천이 천천히 걸음을 옮기기 시작했다.

 싸움을 지켜보던 부교주 측 마인들은 모두 멍하니 서 있었다.

 패배가 믿기지 않는다는 듯, 그들은 차갑게 식은 추영독에게 다가갔다.

 추영독은 평온한 표정을 지은 채 눈을 감고 있었다. 가슴팍에서 흘러나오는 피가 아니었다면, 잠이라도 자고 있는 줄 알았을 것이다.

 부교주 측 마인들의 표정은 망연자실에서 체념, 그리고 평온함으로 바뀌었다.

 그들도 받아들인 것이다.

 강자가 최고를 차지하는 것은 당연지사였다.

 그리고 그들이 최고라 믿고 있던 부교주 추영독이 독고

천의 칼 아래 목숨을 잃었다.

그렇다면 간단했다.

"모두들 싸움을 멈춰라!"

염화염왕대주 나죽한의 웅후한 외침에 모든 싸움이 멎었다.

나죽한이 독고천에게 다가가더니, 지척에 다다르자 자신의 검을 뽑으며 부복했다.

그리고 검을 두 손에 공손히 올리고는 독고천에게 내밀었다.

"속하, 처분을 기다리겠습니다."

독고천은 나죽한의 손에서 천천히 검을 집어 들었다. 그리고 하늘로 치켜올렸다.

"다들 집안싸움하느라 고생했다. 밥이나 먹으러 가자!"

뜬금없는 독고천의 발언에 몇 명이 당황해하더니 갑자기 웃음을 터뜨리기 시작했다.

상처 입어 피를 흘리고 있는 것조차 잊고 모두들 한바탕 웃어 젖혔다.

그런데 그때였다.

저 멀리서 한 무리의 마인들이 달려오고 있었다. 살짝 미소를 짓고 있던 독고천이 그들을 바라보았다.

그리고 정체를 파악했는지 갑자기 부복하며 큰 소리로 외쳤다.

"교주님을 뵈옵니다!"

독고천의 모습에 주위에 모든 이들이 동시에 부복했다.

"교주님을 뵈옵니다!"

흑제 노전득뿐만 아니라, 장로 급 고수 모두가 달려오고 있었다.

부복해 있는 수하들을 둘러보던 노전득이 함박 미소를 지으며 독고천에게 다가갔다.

"절대마령대주!"

"옛, 교주님."

노전득이 만족스런 표정으로 부복해 있는 독고천을 내려다보았다.

순간, 노전득의 손에서 흑묵룡장(黑墨龍掌)이 펼쳐지더니 무방비인 독고천의 등을 꿰뚫었다.

〈『천마신교』 제2권에서 계속〉

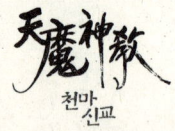

1판 1쇄 찍음 2013년 1월 21일
1판 1쇄 펴냄 2013년 1월 24일

지은이 | 운후서
펴낸이 | 정 필
펴낸곳 | 도서출판 뿔미디어

편집장 | 이재권
기획·편집 | 문정흠
편집디자인 | 이진선
관리, 영업 | 김기환, 임순옥

출판등록 | 2002년 9월 11일 (제1081-1-132호)
주소 | 부천시 원미구 상3동 533-3 아트프라자 503호 (우)420-861
전화 | 032)651-6513 / 팩스 032)651-6094
E-mail | bbulmedia@hanmail.net

값 8,000원

ISBN 978-89-6775-127-2 04810
ISBN 978-89-6775-126-5 04810 (세트)

※파본은 구입하신 서점에서 교환하여 드립니다.

※이 책은 (도)뿔미디어를 통해 독점 계약되었습니다.
저작권법에 의해 보호를 받는 저작물이므로 무단 전재와 무단 복제를 엄금합니다.

http://www.bbulmedia.com

http://www.bbulmedia.com